APUESTA ARRIESGADA

Cathy Yardley

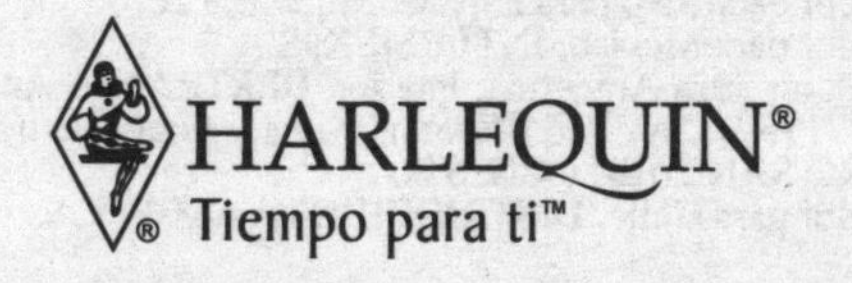

NOVELAS CON CORAZÓN

Editado por HARLEQUIN IBÉRICA, S.A.
Hermosilla, 21
28001 Madrid

APUESTA ARRIESGADA, Nº 959 - 5.7.00
Título original: The Cinderella Solution
Publicada originalmente por Harlequin Enterprises, Ltd.

I.S.B.N.: 84-396-8129-1
Depósito legal: B-23498-2000
Editor responsable: M. T. Villar
Diseño cubierta: María J. Velasco Juez
Composición: M.T., S.A.
Avda. Filipinas, 48. 28003 Madrid
Fotomecánica: PREIMPRESIÓN 2000
c/. Matilde Hernández, 34. 28019 Madrid
Impresión y encuadernación: LITOGRAFÍA ROSÉS, S.A.
c/. Energía, 11. 08850 Gavá (Barcelona)
Fecha impresion para Argentina:1.1.01
Distribuidor exclusivo para España: M.I.D.E.S.A.
Distribuidor para México: INTERMEX, S.A.
Distribuidores para Argentina: interior, BERTRAN, S.A.C. Vélez Sársfield, 1950. Cap. Fed./ Buenos Aires y Gran Buenos Aires, VACCARO SÁNCHEZ y Cía, S.A.
Distribuidor para Chile: DISTRIBUIDORA ALFA, S.A.

Capítulo Uno

–Voy a matarlo, voy a matarlo –se decía Charlotte entre dientes mientras pisaba el acelerador a tope, lo cual no resultaba nada fácil con los zapatos de tacón alto que llevaba–. Tengo que contenerme y no vomitar durante la boda, y luego lo mataré.

Los neumáticos chirriaron al entrar en el aparcamiento de la iglesia de Santa María. Había tomado la curva demasiado deprisa. Sacudió la cabeza. La resaca le taladraba las sienes como una perforadora mecánica.

De todos los días posibles para tener resaca aquel era el peor.

Se detuvo en seco y tiró del freno de mano. Se miró un instante en el espejo retrovisor e hizo una mueca de desagrado al comprobar la palidez verdosa de su cara.

–Voy a matarlo, voy a matarlo –repitió.

Salió del coche gruñendo, maldiciendo al no poder ir todo lo rápido que quisiera para no estropear su vestido rosa palo de dama de honor, y cerró de un portazo. El ruido resonó en su cabeza como si la tuviera hueca. Apenas bebía y antes de aquel día solo había tenido resaca una vez en su vida. Ya no la recordaba, pero desde luego no podía ser tan mala como aquella. Nada podía ser tan malo como aquello.

–Vaya, ya era hora –oyó que le decían en voz alta desde la escalinata de la iglesia–. Te estábamos esperando.

Se había equivocado. Sí, podía haber algo peor.

–Voy a matarte –susurró.

Gabe Donofrio sonrió maliciosamente desde la escalinata. Estaba muy guapo, como siempre en realidad, se dijo Charlotte con disgusto. En el moreno que su piel lucía esplendorosamente durante todo el año no había el menor rastro de la noche pasada. Sus ojos grises no estaban turbios, sino relucientes de malvado humor. Su pelo oscuro y su brillante sonrisa podrían lucir en la portada de una revista. En realidad, tenía el aspecto de haber pasado la velada con un libro entre las manos y bebiendo un vaso de leche templada. Aunque, como ella sabía perfectamente, la noche había sido bien distinta. ¡Había pasado la noche asegurándose de que tuviera exactamente el aspecto horrible que tenía aquella mañana!

–Vaya, vaya, vaya –dijo Gabe mirándola a los ojos y acercándose a ella para tomarla del brazo–, conque tenemos resaca, ¿no?

–Cállate, la culpa es tuya –dijo Charlotte, aferrándose a la barandilla metálica de las escaleras como si fuera su tabla de salvación–. A propósito, ¿por qué demonios te empeñaste en llevarme a la despedida de soltero de Brad?

–¿Es que tenías un plan alternativo? Si te hubieras quedado en casa de mi madre acompañando a mi hermana, la novia, y a su fiel escudera, Dana, te habrías vuelto loca –dijo Gabe–. Porque ahora que Bella se casa y solo quedas tú, ya supondrás que no te van a dejar en paz hasta que te emparejes.

Charlotte sabía que Gabe tenía toda la razón. Por otra parte, al dolor de cabeza comenzaba a sumársele cierto malestar de estómago.

–Ya, así que pensaste que la mejor manera de preparar a la pobre Charlotte para el acoso que va a empezar a sufrir a partir de mañana era... ¡Claro! Llevarla a ver cómo una bailarina de tres al cuarto enseñaba el trasero en la playa a altas horas de la noche.

–La verdad es que lo de la bailarina era secundario, lo que más me importaba era meterte diez tequilas en el cuerpo para subirte un poco la moral –dijo Gabe con una sonrisa–. Oh, vamos, Charlie, nadie te puso una pistola en el pecho para obligarte a beber.

–No, ¡pero hiciste una apuesta conmigo! –dijo Charlotte, conminándole con un dedo–. Apostaste conmigo el sueldo de una semana a que no podía aguantar tu ritmo, y, claro, yo me vi en la obligación de mantener bien alto el pabellón femenino.

–¿El pabellón femenino? Ah, ya comprendo –dijo Gabe, echándose a reír–. Llevamos así desde que teníamos ocho años. Desde entonces jamás has dicho que no a una apuesta mía, y déjame añadir, que tampoco has ganado nunca.

–Cállate –murmuró Charlotte– o voy a acabar por vomitar sobre tu traje de Armani.

–A lo mejor quedaba bien con la decoración –dijo Gabe, entrando ya en la iglesia–. Creo que Bella ha metido en este sitio todas las gardenias de California. La verdad, no sé cómo una mujer tan excesivamente femenina como ella puede tener una amiga tan simpática, tan normal como tú.

Charlotte se detuvo en seco en la pequeña entrada de la iglesia. El penetrante aroma de las flores resultaba mortal en su estado. En efecto, aquella resaca la estaba matando.

–Oh, Dios –suspiró, tambaleándose.

Gabe se percató de la situación.

–Ánimo, preciosa –dijo, abandonando su maliciosa sonrisa por vez primera–. Tranquila, no va a pasar nada –dijo, con afecto sincero y reconfortante.

Charlotte venció sus ganas de dar media vuelta y salir a tomar aire fresco.

–¿Qué tal está Bella? –preguntó, más con ánimo de distraer la mente de su maltratado estómago que por otra cosa.

Gabe se encogió de hombros.

–Como recién salida de una fábrica de sedas.

–Si su vestido es la mitad de incómodo que el mío, la compadezco.

–Va a casarse, eso basta para compadecerla –dijo Gabe, y miró a Charlotte, aún preocupado–. ¿Estás mejor?

–No mucho –dijo ella, suspirando–. Pero tendré que apañármelas. Aunque me conformo con no vomitar sobre nadie y evitar la maldita pregunta.

Gabe sonrió.

–Te refieres al inevitable «¿Y tú cuándo te casas, Charlotte, querida?» –dijo, parodiando una voz femenina, ridícula y nasal.

–Exactamente –dijo Charlotte, tratando de olvidar aquella cuestión, que resultaba dolorosa incluso cuando se aludía a ella como motivo de mofa. Era como si llevara toda la vida respondiendo a preguntas como aquella: «¿Cuándo vas a encontrar un chico que te guste, Charlotte?» «¿Por qué no haces como las otras chicas, Charlotte?» «¿Cómo vas a encontrar a un hombre con esas ideas, Charlotte?»

Estaba soltera porque quería estarlo, se dijo una vez más. Había dicho aquellas palabras tan a menudo que casi le parecía que las llevaba impresas en la frente.

–Sabes muy bien que te evitarías ese tipo de preguntas si no siguieras aceptando ser dama de honor de una y otra vez. ¿Cuántas veces lo has sido ya? ¿Tres con esta?

–Cuatro –corrigió Charlotte, tratando de mantenerse erguida.

–Ah, sí. Pues, ya sabes, después de ser dama de honor cuatro veces y conociendo a mi familia, prepárate a resistir una batería de preguntas. Además, te conozco y sé que no te van estas cosas.

–Ya, pero se trata de Bella, Gabe –dijo Charlotte–. Podría haber rechazado las otras bodas, pero no las de Dana y tu hermana... Tenía que aceptar. Tu familia es mi familia –dijo, mirando la puerta que daba paso a la nave de la iglesia–, sobre todo desde que murió mi padre.

–Lo sé –dijo Gabe, y sonrió–. Supongo que lo sé

desde que mi madre te preguntó cuándo ibas a darle un nieto.

Charlotte volvió a sentir aquel pinchazo, aunque aquella vez fue algo distinto. No se trataba exactamente de frustración, sino, quizás, de envidia.

–El caso es que por mis amigos sería capaz de hacer cualquier cosa, ya lo sabes. Por ejemplo, la única razón de que a estas alturas no te haya matado es que eres mi mejor amigo –dijo, mirando a Gabe con una débil sonrisa–. Pero, te lo advierto, si vuelves a ponerme en un brete como el de anoche, no soy responsable de mis actos.

–Claro, claro. Nunca más –dijo Gabe, asintiendo con solemnidad, y sin poder contener una sonrisa.

Al entrar en la iglesia, Charlotte se percató de los diez pares de ojos que se fijaron en ella: las inquisitivas miradas de todas las tías de Gabe, fijas en ella, que inmediatamente dieron paso a sonrisas cómplices y calculadoras.

–Supongo que no querrás apostar una cena a que no eres capaz de evitar a mis tías antes del banquete –susurró Gabe, muy divertido con la situación–. Mientras esperábamos he dejado caer la idea de que tal vez estuvieras interesada en escuchar sus consejos sobre el tema «Caza de hombres».

–Que sean dos cenas –dijo Charlotte entre dientes– y recuérdame que te mate cuando termine todo esto.

–¡Estoy buscando a Charlotte! –gritó Gabe para hacerse oír sobre la música y el tumulto de las parejas que se deslizaban por la pista de baile–. Ha desaparecido en cuanto nos hemos hecho las fotos. ¿La has visto?

–¡No! –le contestó su amigo Ryan, mirando a su vez a la pandilla de amigos con la que se encontraba. Todos negaron con un gesto–. Si la ves, dile que esta noche tenemos partida en casa de Mike.

Gabe asintió.
–Si hay algo que pueda sacarla de su escondite es una buena partida de póker –dijo Gabe, y prosiguió su búsqueda.
Ponía tanto empeño en sacar a Charlotte del humor sombrío que aquellos días la dominaba y en encontrarle alguna distracción que le evitara la «fatídica pregunta» que había olvidado que también él era objeto de aquella pregunta... y no por parte de sus tías. Llevaba más de una hora buscando a su amiga y probablemente también, evitando la atención de alguna pretendiente más insistente de lo normal.
Sintió que alguien le ponía la mano en el hombro.
–Hola, hermanito.
Se dio la vuelta. Se trataba del novio, y suspiró con alivio.
–Eh, Brad. Bueno, ¿qué tal se siente uno después de casarse con mi hermana?
Brad sonrió. Sus ojos brillaban como dos faros en la noche.
–Más feliz que en toda mi vida.
–Eso dices ahora –dijo Gabe con una sonrisa de oreja a oreja, dándole a su cuñado un amistoso empujón.
–En serio, cuando encuentras a la persona adecuada, no hay nada parecido... nada.
–Está bien, te creo –dijo Gabe, algo incómodo por aquella declaración que parecía tan sincera–. Me da la impresión de que estoy rodeado de mujeres a la busca de la persona adecuada. Las bodas tienen un extraño efecto sobre las mujeres. Creo que si le preguntara a cualquiera de las solteras de esta habitación si se viene a Las Vegas a casarse conmigo, me respondería que sí sin pestañear –dijo, mirando a su alrededor–. ¡Y ni siquiera me conocen!
–Por eso se irían contigo.
Gabe oyó la voz de Charlotte a sus espaldas.
–Eh... –dijo, volviéndose.

Pero Charlotte se alejaba, perdiéndose hacia el fondo de la sala. Antes de que pudiera seguirla, Brad volvió a hablarle.

–¿Era Charlotte? –preguntó–. ¿Sabes? Esta mañana, cuando la he visto entrar en la iglesia, apenas la he reconocido. Puede que fueran los rizos... no recuerdo la última vez que la vi con un vestido.

–La resaca tampoco ayudaba mucho –añadió Gabe, tratando en vano de ver hacia dónde se dirigía su amiga–. Anoche la arrastré a tu fiesta y me aposté una cena a que no podía beber tanto como yo.

Brad frunció el ceño.

–¿Llevaste a una mujer a mi despedida de soltero?

–No, llevé a Charlotte. Hay una ligera diferencia –al ver que no convencía a Brad, Gabe se encogió de hombros–. Nos sentamos en un rincón, Brad. Además, siempre ha sido de la pandilla y tampoco estuvimos en un antro de perversión, ¿no?

–Es la base del asunto, Gabe, ya lo sabes «Nada de mujeres» –dijo Gabe, sacudiendo la cabeza–. Y Charlotte no está nada mal, cuando quiere. Ya sabes que es bastante guapa, al menos cuando no está planeando tu asesinato.

–Ya se le pasará, puede que le lleve algún tiempo, pero se le pasará. Demonios, la mitad de las veces sus bromas son peores que las mías –dijo Gabe, y se echó a reír–. ¿Sabes lo que hizo la semana pasada?

–Hola, Gabe.

Ambos hombres dieron media vuelta. Se trataba de una rubia oxigenada, que miraba a Gabe desde unos preciosos ojos azules. El tono de su voz parecía algo fingido, quizás intranquilo.

–Llevas toda la noche dando vueltas. Te estás perdiendo una fiesta estupenda. ¿Quieres bailar?

Gabe suspiró.

–Lo siento, pero estoy buscando a alguien. Puede que más tarde –«o dentro de veinte años».

–¿Seguro? –dijo la rubia, con una sonrisa encantadora–. ¿Y no puede esperar un poco ese alguien?

Gabe volvió a suspirar. «Charlotte, ¿dónde demonios te metes?»

–Lo siento, de verdad.

–Como quieras –dijo la rubia, y se alejó, dándole su espléndida espalda desnuda.

–¿Estás loco? –dijo Brad–. ¡Era una preciosidad!

–Llevaba «busco marido» grabado en la frente, y yo ya no juego a eso, se acabó –dijo Gabe, encogiéndose de hombros.

–Oh, vamos. Solo quería bailar, ya encontrarás a Charlotte...

–Deja que te diga algo –dijo Gabe, poniéndose muy serio–. Cuando era más joven tuve algunas relaciones serias, en cierta ocasión estuve a punto de casarme, y todas acabaron en desastre.

–Vaya –dijo Brad–, pero qué tiene eso...

–Y solo mis amigos pudieron sacarme del abismo –prosiguió Gabe–. Luego decidí no volver a comprometerme, ¿por qué iba a hacerlo? Salgo con mis amigos cuando quiero, tengo un empleo por el que muchos hombres matarían y tengo una mujer que es mi mejor amiga que me conoce mejor que yo mismo y que si la necesito está ahí las veinticuatro horas del día los siete días de la semana. Las mujeres vienen y van...

–En tu casa con demasiada frecuencia –dijo Brad.

–Pero los amigos son para siempre –dijo Gabe, sonriendo–. Llevo la vida perfecta.

Brad se echó a reír.

–Tengo que admitir que suena muy atractivo. Pero tiene un pequeño problema.

–Lo sé –dijo Gabe–. Pero ya se le pasará. Charlotte no puede permanecer enfadada por mucho tiempo. En cuanto se encuentre mejor, se le pasará.

–El problema –prosiguió Brad– es que un día de estos te vas a enamorar y tu perfecta vida va a pasar a mejor vida.

–Imposible –dijo Gabe, y volvió a ver a Charlotte, que estaba charlando con otras mujeres a un lado de la pista de baile–. Todo está bajo control.

Antes de poder acercarse a Charlotte, las mujeres que estaban con ella se aproximaron.

–Oh, me parece maravilloso –le dijo una de ellas.

–¿El qué? –preguntó él.

–Que quieras adoptar un niño. Pero para eso tendrás que casarte, ¿no?

Rodeado de rutilantes y jóvenes bellezas, se fijó en el rincón del que provenían. Charlotte le sonreía de oreja a oreja.

–Ya veo –dijo Brad–, es evidente que lo tienes todo bajo control.

Charlotte habría disfrutado mucho más de su venganza si Bella y Dana no la hubieran localizado. De mala gana, como una prisionera, subió con ellas a la habitación que los Donofrio habían alquilado en el hotel donde se celebraba la boda. Se las había arreglado para evitar a las tías de Gabe, pero con aquellas dos no había escapatoria posible.

–Te lo digo en serio, Charlotte –dijo Bella–, este libro puede resolver todos tus problemas.

–¿Por qué os empeñáis en torturarme? –gruñó Charlotte, dejándose caer en la cama–. He venido a pesar de que tenía la cara más verde que una espinaca y con la cabeza a punto de explotar. Si incluso me he vestido de rosa, ¡por favor! ¿Y ahora qué queréis, mi sangre?

–Solo queremos verte feliz... y que leas un pequeño libro –dijo Bella, quitándose el velo de novia–. No dejes que se vaya –dijo Bella, abriendo un cajón del que sacó una minúscula pieza de encaje blanco– tengo que ponerme el regalo sorpresa para Brad.

–No te preocupes –dijo Dana, sin dejar de mirar a Charlotte.

Ésta suspiró. No tenía escapatoria.

Dana puso el libro sobre la cama. Charlotte le dio la vuelta y leyó el título: *Guía para dejar de ser la señorita Negativa y convertirse en la señora Adecuada en un año.* Volvió a gruñir, enterrando el rostro en la almohada.

–Es una broma, ¿verdad?

–A mí me ha servido –dijo Dana, tirando de Charlotte para que se incorporara–. Y a Bella también, y no se puede poner en duda la realidad. Mira lo feliz que está Bella, ¿es que tú no quieres ser feliz?

–Bella se ha casado con el último hombre bueno de la tierra –dijo Charlotte, sin levantar la vista–. ¿Por qué cuando tus amigas se casan siempre insisten en que lo hagas tú también?

–Tienes veintiocho años, Charlotte –adujo Dana–. ¿No oyes el tic tac? Es tu reloj biológico.

–Se le ha acabado la cuerda.

–De eso nada –dijo Dana, tocando la barbilla de su amiga para obligarla a mirarla–. Llevas demasiado tiempo sin salir con nadie. Desde que saliste de la universidad, no has hecho otra cosa que dedicarte en cuerpo y alma a esa empresa de diseño y frecuentar a esos tipos. No sé cuántas veces te he visto con sudadera y unos vaqueros gastados.

–Todo el mundo se pone ropa cómoda para trabajar –argumentó Charlotte, que comenzaba a impacientarse–. ¡Con cualquier otra ropa tengo un aspecto de lo más estúpido!

Dana alzó los ojos al cielo.

–Hay mucha ropa cómoda y al mismo tiempo muy femenina. Por mucho que te quejes, los vestidos te sientan muy bien. Como esos rizos.

–Dana, incluso tú sabes que para salvar mi vida no basta con que me rice el pelo. Además, así parece que me han electrocutado.

Dana resopló. También ella comenzaba a impacientarse.

–No es verdad y lo sabes. A ti te pasa algo, y me vas a decir qué es.

Charlotte se quedó sentada durante un largo minuto, en silencio. Era cierto, algo la molestaba desde el momento de llegar a la iglesia y encontrarse con Gabe y oír sus palabras: cuatro bodas como dama de honor.

Siempre la dama de honor.

Se fijó de nuevo en el libro: *La señorita Negativa...*

–Es que no veo dónde están las ventajas, eso es todo –mintió–. Sé que solo he tenido una relación importante, pero fue una experiencia muy convincente, créeme. Ahora disfruto de la vida. Tengo un buen trabajo y muchos amigos. Por favor, ¿no podemos hablar de esto en otro momento?

Antes de que Dana pudiera responder, Gabe se asomó por la puerta.

–¡Eh, que el coche está esperando! ¿Dónde está la novia?

–Cambiándose –respondió Dana, molesta por la interrupción.

–¡Santo Dios! –dijo Gabe, entrando en la habitación–. ¿Por qué las mujeres tardan tanto en vestirse? Yo nunca tardo en desvestirlas.

–Y se trata de la opinión de un experto –dijo Charlotte, bajando de la cama.

–Tú y yo tenemos que hablar –dijo Gabe.

Ella sonrió.

–Eso será después de que me pagues la apuesta.

–Gabe, no estás ayudando nada –se quejó Dana–. Estábamos hablando de cosas importantes antes de que tú metieras las narices donde no te llaman.

–¿De qué estabais hablando?

–De su futuro –dijo Dana señalando a Charlotte y luego el libro que estaba sobre la cama–. La estás distrayendo, ¿por qué no esperas abajo?

–¿Distrayéndola de qué? –preguntó Gabe, y se detuvo al ver el libro–. Oh, no. No de eso.

–¿No de qué? –preguntó Charlotte, que no se había percatado del gesto de Dana.

–¡No me digas que vas a leer eso!

Charlotte siguió la dirección de sus ojos y al ver que se refería al libro, echó mano de él. Gabe, sin embargo, se sentó sobre la cama agarrando el libro al mismo tiempo.

–Déjame ver... –dijo, tirando de él.

–De eso nada.

–¡Ya estoy lista! –anunció Bella saliendo del cuarto de baño, solo para contemplar con horror cómo su hermano y su amiga se debatían sobre la cama de matrimonio–. ¿Qué está pasando aquí?

Aprovechando que Gabe se había distraído momentáneamente con la interrupción, Charlotte hizo un último esfuerzo por hacerse con el libro y tiró con todas sus fuerzas. Y en efecto se lo quitó, pero a costa de perder el equilibrio y caer de espaldas en el suelo.

–¡Lo tengo! –exclamo triunfalmente, y luego se frotó la cabeza, se había dado un buen coscorrón–. ¡Ay!

Bella suspiró.

–¡Cuándo vais a crecer!

–Nunca –replicó Gabe–. Me parece que nos vamos a estar tirando los trastos a la cabeza hasta en el asilo. Ven aquí, ángel mío, que te ayudo a levantarte.

Con gran facilidad así, lo hizo, y Charlotte se levantó del suelo al instante, situación que Gabe aprovechó para quitarle el libro definitivamente.

–Traidor...

–*La guía*. ¡Dios de mi alma! –bufó Gabe. Hojeó el libro y leyó algún pasaje–: «Sé consciente de tu poder, pero no seas arrogante. Eres una mujer, sé una mujer» –repitió, ignorando la mirada asesina de las tres mujeres–. ¿Y qué ibas a ser? ¿Un hamster?

–Dámelo –le exigió Charlotte, arrebatándole el libro de las manos.

–Pero tú no querrás ser la señora Adecuada en un año, ¿verdad? –dijo Gabe con seguridad, luego frunció el ceño–. ¿O sí?

–Por supuesto que no –replicó Charlotte por instinto, y se interrumpió. En realidad no se trataba de querer sino de ser consciente que ella no podía ser la tal señora Adecuada. Pero aun así, ¿lo quería o no?

Sí, susurraba una vocecita en su interior, para su sorpresa. Al cabo de un año o de una década, pero sí, quería, deseaba ser la adecuada señora de alguien. Y quería encontrar a un señor adecuado para ella.

–Puede que crea que no es eso lo que quiere, pero no tiene experiencia bastante para saberlo –dijo Dana, con convicción–. Y tiene mucho a su favor. Si quisiera, sería una auténtica rompecorazones.

–Con un poco de tiempo y otro poco de esfuerzo –añadió Bella, cruzándose de brazos–, dudo que tarde un año en encontrar a un hombre que se enamore de ella hasta el punto de pedirla en matrimonio.

Charlotte sintió un súbito ataque de pánico.

–Un hombre maravilloso, seguro –sentenció Dana con entusiasmo.

–Lo tendría a sus pies en un mes –dijo Bella.

–Bueno, bueno, no empecemos a volvernos locos –intervino Charlotte. No le gustaba lo más mínimo el cariz que estaba adquiriendo la conversación.

–Y en cuestión de meses la pediría en matrimonio, si ella lo quiere de verdad –dijo Dana, asintiendo–. ¡En tres meses, te lo garantizo!

Gabe negó con la cabeza, rodeando a Charlotte por los hombros.

–¿Por qué la presionáis? Es mi mejor amiga y la conozco mejor que nadie. Y no podéis decirme que va a leer ese estúpido libro, va a ir a la peluquería y, de la noche a la mañana, se va a convertir en una esposa. Es ridículo.

Charlotte estaba a punto de protestar, pero no con esas palabras.

–No es que yo tenga interés en...

–Ni siquiera pertenece al mismo planeta de las mujeres que leen esa guía de lo que sea –prosiguió Gabe–. Quiero decir, hay mujeres que se toman la búsqueda de un marido casi como una actividad profesional. Esas mujeres sí saben qué hacer, tienen el aspecto adecuado, adoptan la actitud correcta y llegan a convertir a los hombres en marionetas a sus expensas –dijo, y miró a Charlotte–. Los dos sabemos que tú no eres de esa clase de mujeres, Charlie.

Las tres mujeres se lo quedaron mirando fijamente durante unos largos instantes. Charlotte fue la primera en recobrarse.

–Gracias –dijo, con la voz helada y apartándose de él–. Quieres que ponga también la otra mejilla y así me puedes golpear con otro de esos asquerosos cumplidos tuyos.

–¿Cómo? Oh, vamos, ángel –dijo Gabe, apartándole el flequillo de la frente–. Estamos hablando de una proposición de matrimonio en tres meses. Volvamos a la realidad.

–No digo que sea eso lo que quiero –argumentó Charlotte, tratando de mantener la dignidad–, pero si de verdad quisiera conseguir al señor Adecuado, podría hacerlo. Lo único que pasa es que me gusta mi vida tal como está.

–¿De verdad? –dijo Gabe, con un brillo en los ojos. Charlotte mantuvo su mirada–. ¿De verdad crees lo que dices?

Charlotte sintió un estremecimiento de rabia.

–Ponme a prueba.

–No, gracias. Si vamos a apostar, me gustaría por lo menos tener una pequeña posibilidad de perder, si no no hay aliciente.

A Charlotte comenzó a hervirle la sangre. Ella sabía muy bien que no era ninguna seductora, pero oírselo decir a Gabe era una cuestión enteramente distinta.

–De acuerdo, te apuesto diez dólares a que puedo hacerlo–, era una estupidez, pero su orgullo la empujaba a aceptar el reto. Ella era soltera por elección propia, ¿cómo se atrevía Gabe a dudar de ello?

–¿Diez dólares? ¿En serio? –dijo Gabe, abriendo mucho los ojos. El maldito de él parecía divertirse mucho–. Oh, vamos, no estamos apostando sobre quién va a ganar la liga, o quién es capaz de beber más.

El corazón de Charlotte latía cada vez más deprisa. Lo único que deseaba en aquellos momentos era borrar aquella estúpida sonrisa de la cara de Gabe. Las palabras salieron de su boca antes de pensar en ellas.

–Cien dólares, Casanova. Y me pondré cosas que hasta a ti te van a sonrojar.

–Solo por eso merecería la pena apostar. Algunas veces tengo la impresión de que naciste en sudadera –dijo Gabe, sonriendo maliciosamente–. Cien dólares sigue siendo una apuesta infantil, ángel. Hazlo en dos meses y podemos empezar a hablar.

–Dos meses –accedió Charlotte, con la voz tensa– y doscientos dólares.

La sonrisa de Gabe, por fin, comenzaba a congelarse.

–Oh, vamos, Charlie, creo que estamos yendo demasiado lejos.

Aquel tono paternalista sólo consiguió encenderla todavía más.

–Quinientos.

Gabe había dejado de sonreír. Al contrario, más bien parecía preocupado.

–Esto es ridículo. No pienso seguir...

–Mil dólares.

Dana estaba perpleja, Bella boquiabierta.

–Mil dólares a que consigo que me pidan en matrimonio en dos meses –repitió Charlotte, mirando fijamente a Gabe, como si no hubiera nadie más en la habitación. Ella cerraba los puños–. Mil dólares, ya lo has oído.

Gabe mantuvo la mirada, pero estaba estupefacto.

–Solo si lo consigues en un mes.

Esperaba que ella rechazara aquella estúpida apuesta.

–Hecho –dijo Charlotte sin vacilar.

–Oh, vamos, Charlie, ¿has perdido la cabeza?

–¿Y tú? ¿Has perdido el gusto por el juego?

Se miraron a los ojos durante un largo y tenso minuto. Luego, Gabe esbozó una amplia y brillante sonrisa.

–Te has echado un farol... y te he pillado –dijo, con ánimo de batalla, y extendió la mano–. Me encantará cobrarme esta apuesta.

Charlotte estrechó su mano, sellando la apuesta.

Gabe la miró durante un instante más, luego se separó.

–De acuerdo. Bajo y les digo que vais a tardar un poco –le dijo a Bella–. Estoy seguro de que queréis quedaros unos minutos para urdir un plan de batalla. Pero me temo que de poco va a servir, dentro de un mes espero cobrar la apuesta.

Miró a Charlotte con una sonrisa maliciosa y desapareció.

–Oh, Dios mío –respiró Bella–, ¡no puedo creerlo!

–Lo hecho, hecho está –dijo Dana, asintiendo con aprobación–. Solo tenemos un mes. Lo primero, una expedición de compras. No, espera, mi peluquero, y puede que una limpieza de...

–Una limpieza de nada, hay que transformarte de la cabeza a los pies –dijo Bella, buscando una tarjeta en su bolso–. Dentro de dos semanas vuelvo de Hawai, vosotras ocupaos de la ropa y del maquillaje, yo idearé el plan estratégico.

–Mil dólares –repitió Dana, mirando a Charlotte sin ocultar su admiración–. Increíble.

Charlotte apretó los dientes.

–Nunca he perdido una apuesta con Gabe sin antes luchar hasta la muerte. Y ahora, dejadme sola –ordenó–, tengo que estudiar –dijo, recogiendo el libro.

Capítulo Dos

A las ocho en punto de la mañana del siguiente día, el timbre comenzó a sonar insistentemente, poniendo fin a una inquieta noche. Charlotte saltó de la cama, frotándose los ojos.

–Si eres Gabe, te digo desde ya que he decidido abandonar –dijo en voz alta, dirigiéndose a la puerta–. Debía estar loca. ¿Por qué no dejas que me sumerja en paz en mi soltería?

–De eso nada –respondió una voz femenina–. Soy Dana, abre.

Charlotte gruñó. Dana, todavía peor. Quitó la cadena y abrió la puerta.

–¿Y bien? –Dana parecía demasiado entusiasta para tratarse de un domingo a las ocho de la mañana–. Hoy es el primer día de tu nueva vida, Charlotte Taylor, ¿estás lista?

–Pero, ¿quién eres tú? ¿La patrona de las casamenteras? –dijo Charlotte, dirigiéndose a la cocina para preparar café. No estaba dispuesta a soportar uno de los discursos de Dana sin ayuda de la cafeína–. Además, no pienso seguir adelante con esto. He estado pensando y es una tontería. Tengo que hablar con Gabe, no tengo por qué demostrarle nada a nadie.

–Nada de hablar con Gabe –dijo Dana, mirando a Charlotte con el ceño fruncido mientras dejaba en el suelo una gran bolsa que llevaba colgada del hombro. Luego depositó un buen número de frasquitos de todo tipo sobre la mesa de la cocina–. Te habría desaconsejado cualquier otra apuesta, y la verdad es que los dos habéis hecho algunas de lo más tonto, pero esta vez, no pienso hacerlo. Llevo diez años esperando que hagas algo contigo misma, que pienses un poco en tu aspecto y no pienso desaprovechar esta oportunidad.

Charlotte contempló los adminículos con precaución.

–¿Y eso para qué es?

–Eso –dijo Dana con una sonrisa– es el primer paso.

–¿El primer paso? –repitió Charlotte y se fijó en la etiqueta de uno de los frascos. Estaba escrita en noruego y todos los ingredientes tenían dieciocho sílabas–. ¿Y cuántos pasos hay?

–Eso depende de si estás dispuesta a cooperar o no.

Dana sacó caja de polvos blancos y los mezcló con agua en un cuenco de cristal.

–Yo iba a desayunar –dijo Charlotte, sirviéndose una taza de café–, así que espero que eso no sea para mí.

–Esto no es para que te lo tomes sino para que te lo pongas –dijo Dana, y echó el contenido verde de uno de los botes en el cuenco de cristal, luego observó la mezcla resultante–. Me temo que va a ser un poco pringoso. Toma, sigue removiendo.

Charlotte siguió sus instrucciones, y observó con perplejidad los movimientos de su amiga. Dana sacó una gran sábana de plástico y la extendió sobre el suelo. Luego abrió la puerta de la cocina y metió una de las sillas de plástico del porche.

–Siéntate.

Charlotte apuró su taza de café antes de que Dana la obligara a sentarse por la fuerza.

–Dana, esto empieza a dejar de ser molesto para convertirse en una pesadez.

Dana suspiró con impaciencia.

–Escúchame bien. Por nada del mundo quiero que me tomes por una metomentodo o que te enfades conmigo, pero deja que diga algo: necesitas ayuda, y por primera vez desde el instituto, Bella y yo nos vamos a asegurar de que la recibas.

Charlotte apretó los dientes. Al parecer, el tiempo del disimulo y de los guiños sutiles que se hacían muchas veces sus amigas en su presencia había terminado. Dana y Bella habían decidido declararle una guerra abierta.

–Ya sé que no...

–Chist, déjame terminar –dijo Dana, con firmeza–. No quisiera pasar por psicóloga aficionada, pero el hecho de que hayas crecido sin la compañía de una madre no puede haber sido fácil para ti. Bella y yo hicimos cuanto pudimos, pero incluso a mí se me alcanza que dos amigas no pueden sustituir a una madre.

–Las dos me habéis querido siempre y habéis hecho lo que considerabais mejor para mí –cosa que Charlotte había agradecido muy sinceramente, por mucho que los esfuerzos de sus amigas resultaran muchas veces fastidiosos–. No ha sido fácil, pero he salido adelante, ¿no?

–Ésa es la cuestión, que no has salido adelante –dijo Dana suspirando de nuevo–. Nos has tolerado, nos has tomado el pelo, pero eres muy testaruda y sigues convencida de que no eres lo bastante guapa como para enamorar a un hombre. Huyes de ti misma, te escondes, te ocultas bajo esa fachada de «una más de la pandilla» con todos esos hombretones. Bueno, pues desde ahora mismo te lo digo: tus días de huida han terminado –dijo Dana, mirando a Charlotte fijamente a los ojos–. Y no me mires así.

–¿Que no te mire cómo?

–Como diciendo que me vas a dar la razón en todo, como a los tontos, para luego hacer lo que te dé la gana.

Charlotte suspiró.

–Vale, te escucho. ¿Qué es lo que quieres que haga?

–Que lo intentes de verdad, que apuestes por ello de verdad.

–Yo no estoy huyendo, Dana. Yo solo... de acuerdo, podría ser algo más atrevida en el terreno social, pero, francamente, estoy contenta con mi vida tal como está. No necesito salir con nadie, no necesito cambiar mi aspecto. ¿Por qué no puede aceptarme la gente tal como soy?

Dana suspiró.

–Algún día, cariño, un hombre te va a querer por lo que eres, te lo prometo. Pero si eres tan feliz con la vida que llevas, ¿por qué ayer estabas tan triste? Y no me digas que era la resaca porque no cuela.

Eso era lo malo de conservar las amigas de la infancia, que no podía ocultarles nada. Era para ellas como un libro abierto.

–Te dejaríamos en paz si de verdad viéramos que eres feliz –prosiguió Dana, dándole un abrazo rápido y confortante–, pero no vamos a dejar que aceptes una vida mediocre sin luchar. Si dejas que tu belleza exterior se ponga a la altura de la interior, sé que encontrarás a la persona adecuada. Lo sé.

–¿Belleza? ¿Yo? –dijo Charlotte con mofa y sorpresa–. ¿Qué has estado fumando, Dana?

Dana resopló con impaciencia.

–Paso a paso, nena, ahora mismo nos pondremos con el cuerpo, de la actitud ya nos ocuparemos más adelante.

Recogió el cuenco y metió la mano en él.

–Dana –le advirtió Charlotte–, no pienso permitir que me pongas en la cara ese... agh.

Y fue silenciada por la inclemente acción de su amiga, que le extendió sobre la cara aquella pasta gruesa y compacta. No le quedó más remedio que cerrar los ojos y hacer frente a lo inevitable.

–Ahí, quieta. Esto es solo el principio. A las doce tenemos hora en la peluquería y vete preparando para pasar la tarde de compras...

Dana siguió parloteando alegremente, relatando entusiasmada los pormenores de la próxima transformación de Charlotte. Esta, por su parte, pensaba que no podía denegar aquella molesta y dolorosa ayuda. Si se hubiera tratado de otras personas cualquiera, les habría dicho dónde podían meterse sus brillantes ideas, pero a sus dos mejores amigas... que le habían hecho sitio en sus vacaciones, que la habían acompañado y aplaudido en su graduación, a la que su padre no había podido asistir porque había fallecido dos años antes. Las quería lo bastante como para soportar aquel insistente, molesto e incansable afán suyo de ejercer de madres, las quería lo bastante como para morir por ellas si se lo pedían.

Pero morir era una cosa, y actuar estúpidamente por segunda vez en su vida algo bien distinto.

–Charlotte, ¿has oído una palabra de lo que te he dicho?

Charlotte interrumpió bruscamente sus pensamientos.

–¿Qué?

Dana chascó la lengua y se acercó al fregadero para dejar el cuenco.

–Te he estado contando los planes que tengo para ti. Estoy segura de que ahora mismo todo esto te resulta abrumador, pero sé que te vas a empeñar en esto como en ninguna otra cosa en tu vida.

Charlotte miró a su amiga, que le colocaba el pelo en distintas posiciones, haciendo sonidos de aprobación.

–¿Qué te hace pensar eso?

–La apuesta –dijo Dana, alcanzando otro frasco–. Siempre te has esforzado al máximo por ganar las apuestas con Gabe. Cuando os vi estrecharos la mano, me dieron ganas de darle un beso.

El temperamento que había metido a Charlotte en todo aquel lío, volvió a emerger.

–Oh, a mí también –dijo Charlotte con acidez–. Mi mejor amigo me dice, sin dejar lugar a la duda, que no tengo ni la belleza ni el talento para conseguir a un hombre. Qué gran amigo, qué joya.

Dana se echó a reír, luego amasó un puñado de

arcilla sobre el rostro de Charlotte. El material estaba frío y resultaba algo desagradable.

–Bueno, pues ahora tienes la oportunidad de demostrarle que se equivoca –dijo Dana, extendiendo la arcilla sobre el cuello de su amiga–. Además, olvídate de la apuesta, si en un mes no consigues a un hombre, no solo me sorprendería mucho, sino que tiraré la toalla y me olvidaré de mis pretensiones de Celestina para siempre.

Charlotte tuvo que reprimir una réplica llena de acritud.

–¿En serio? ¿Te olvidarías?

–Completamente en serio y no volveré a insistir nunca más –declaró Dana, colocando una bolsa de plástico sobre la frente de Charlotte–. Y me aseguraré de que Dana tampoco lo haga. Fíjate hasta qué punto llega mi confianza en ti.

Charlotte no dijo nada. ¿Podría librarse de la insistencia de sus amigas de una manera tan diplomática? ¿Y al cabo de un mes tan solo?

De repente, le dieron ganas de darle un beso a Gabe. ¡Aquella loca apuesta era justo lo que necesitaba!

–Bueno, entonces –dijo Charlotte, sonriendo por primera vez en aquel día–, ¡que comience la transformación!

–¿Qué transformación? –se oyó la voz desde la puerta de entrada.

Dana dejó escapar una interjección de sorpresa. Charlotte, por su parte, salió corriendo hacia el baño. Desgraciadamente, tropezó en el plástico que Dana había extendido en el suelo y cayó de bruces.

–Vaya, vaya –dijo Gabe, desde la puerta, poniendo todos los nervios de Charlotte de punta–. Cada día tienes un nuevo aspecto, eres una mujer sorprendente.

–¿Es que no sabes llamar? Y, de todas formas, ¿qué haces aquí a estas horas de la mañana?

–No he llamado a tu puerta desde que te conozco

–dijo Gabe, sonriendo–. Y en cuanto a lo de venir ahora, pues resulta que hay un partido de rugby dentro de media hora y como no tenía nada de comer me he dicho, voy a acercarme a casa de mi amiga Charlotte, que siempre tiene el frigorífico bien provisto.

–Cómo no, adelante, tú mismo –dijo Charlotte con sarcasmo.

–Muchas gracias –dijo Gabe, y fue a servirse una taza de café y sacar un donut de la nevera–. Esta mañana estás un poco picajosa. ¿Es porque tu buena amiga Dana te ha despertado muy pronto o porque te ha puesto la cara hecha un Cristo?

Dana y Charlotte se miraron con ganas de matarlo.

–Lo siento, supongo que es cosa de chicas –añadió Gabe para suavizar su comentario.

–Es cosa de la apuesta –dijo Dana, recogiendo sus útiles de combate y volviendo a meterlos en la bolsa.

–¿La apuesta? –repitió Gabe–. Sí, ya me acuerdo. Mil pavos para mí dentro de un mes, sí, me suena –dijo, y le guiñó un ojo a Charlotte–. ¿Y vas a poder quitarte esa plasta antes del jueves? Ya sabes que hay noche de póker en mi casa. Y no quiero que cubras tu famosa cara de póker con esa cosa, los chicos se asustarían.

–Se van a asustar, pero cuando los deje secos –dijo Charlotte. Desde luego, parecía uno de ellos.

–De ninguna manera harás tal cosa –intervino Dana–. A partir de ahora jueves, viernes, sábados y domingos los va a dedicar a salir. Para todo lo demás no hay tiempo.

Charlotte contuvo la respiración. Solo un corto y pequeño mes de nada, se dijo.

–Como tú digas, entrenador.

Su burlona mirada se deslizó hacia Gabe.

–¿Como tú digas? –repitió este con estupor–. ¿Como tú digas y ya está? Te vas a perder la partida para quedarte esperando a que te llame algún tío.

–Me voy a perder la partida para salir con un tío.

Gabe le hizo una mueca y Dana se echó a reír.

–¡Ésa es mi chica! Bueno, voy a llamar al salón de belleza para confirmar la sesión de masaje. ¿Dónde tienes el teléfono?

–Está en el dormitorio –dijo Charlotte. Dana se alejó recitando la lista de actividades que tenía preparadas.

Era el momento perfecto para negociar una rebaja en la apuesta. Tendría que tragarse parte de su orgullo, pero merecía la pena, tenía que rebajar la cantidad de mil dólares a algo más asequible. Con la ayuda de Gabe, las cuatro semanas pasarían volando, sin ella...

–No me creo que estés hablando en serio –dijo Gabe antes de que ella dijese nada.

No fueron tanto sus palabras sino cómo las dijo, su maldito tono.

–¿Por qué no?

–¡Porque es una locura! –dijo Gabe, mesándose los cabellos con un gesto de impaciencia–. Lo dije en broma, por amor del cielo. Pensé que incluso si aceptabas, una semana con esas fascistas del maquillaje te haría abandonar.

Charlotte estuvo a punto de sonreír ante aquella salida. Hasta que oyó la siguiente frase de Gabe.

–Además, no creo que quieras encontrar al señor Adecuado. Aunque lo encontrases, no sabrías qué hacer con él. No te pareces en nada al tipo de mujeres a las que se dirige esa guía –dijo Gabe, parecía absolutamente convencido–. Piénsalo bien. ¿Tú tratando de cazar a un hombre y arrastrándolo por la melena hasta tu casa?

–La verdad es que estaba pensando en ponerme en camisón a la puerta y llamarlos con un silbido –replicó Charlotte, irritada con el comentario de su amigo–. La clase de hombres que estoy buscando pesan demasiado para que pueda arrastrarlos por la melena.

–No hay nada malo en tu manera de ser y no deberías dejar que te cambiasen –dijo, muy serio–. Yo creía que te gustaba la vida que llevas. ¿Qué hay de malo en salir con nosotros? Nosotros nunca te hemos pedido que cambies. ¡Tu aspecto nos importa un bledo!

Traducción: ella podía ser la bestia más fea de la tierra, pero siempre sería «Charlie, su colega».

–Siempre vas hecha una pena...

–Alto ahí –tragarse el orgullo era una cosa, pero dejarse atropellar era otra bien distinta–. Antes de que te acabe echando de una patada, deja de que te diga algo: la apuesta sigue en pie.

No era aquélla la manera de convencerlo para que la ayudara, lo sabía bien, pero si era eso lo que pensaba de ella, no quería su ayuda. No la estaba compadeciendo, como hacían Bella y Dana, la estaba... excusando, lo que era mucho peor. Tenía que vengarse de él. Quizás no fuera muy guapa, pero desde luego no iba «hecha una pena».

–Puede que ahora mismo no sea gran cosa, Gabe –dijo, con tono desafiante–, pero te juro que para cuando firmes ese cheque voy a parecer la diosa del amor.

–Cuidado con tu amiguita –dijo Gabe, arrimándose a Charlotte con una sonrisa maliciosa–, odio decírtelo, pero tienes barro en el cuello y en el... canalillo...

Charlotte se sonrojó y buscó uno de los cojines de las sillas para tirárselo a la cara. Lo encontró y le dio un golpe en todo el rostro. Gabe se protegió utilizando la silla de plástico como escudo, mientras Charlotte descargaba sobre él toda la munición disponible. Cuando Gabe bajó la silla, Charlotte se fijó en el brillo que alumbraba los ojos de su amigo.

–Oh, vamos, Gabe, no te pongas así, que somos amigos...

Él se dirigió al salón a buscar su propia munición.

–¡No, Gabe!

Comenzó a bombardearla, cerrando además, la salida hacia el salón y el cuarto de baño, de manera que Charlotte dio media vuelta y huyó a través del pasillo, perseguida por su amigo.

–¡Gabe, no, no, déjalo ya!

Atrapada junto a la puerta de entrada, no tuvo más remedio que abrirla. Salió corriendo, en medio de un ataque de risas y se dispuso a huir por el jardín, quería llegar hasta la parte de atrás, para rechazar a Gabe con la manguera. Alcanzó la esquina de la casa y ya se relamía pensando en darle a su amigo una buena ducha, cuando se topó con un hombre de pecho ancho y musculoso.

–Ay –exclamó, y cayó sentada sobre el césped.

–Ah, perdón –dijo el hombre, con una voz profunda y no sin cierta diversión disimulada–. ¿Estás bien?

Charlotte levantó la vista para fijarse en él. Un rubio y musculoso Adonis la miraba. Llevaba el torso desnudo, un torso moreno y dorado que emergía desde un par de pantalones chinos color beige.

–¿Estás bien? –repitió Adonis, menos divertido, o quizás más preocupado. También le parecía vagamente familiar, pero no podía ser. Si conociera a alguien la mitad de guapo que aquel hombre, no olvidaría su rostro, por supuesto que no–. ¿Te has hecho daño? No te he visto –dijo el dios griego, disculpándose y ofreciéndole una mano para ayudarla a ponerse en pie.

Charlotte se quedó mirando la mano fijamente. Entre todos los días del año que podía ocurrirle aquel encuentro, ¿por qué aquel día precisamente, con todo aquella... aquella cosa en la cara?

Gabe apareció por la esquina, con un par de cojines en cada mano, aullando como un apache. Se detuvo en seco, silenciando su grito de guerra, al ver al nuevo personaje y a Charlotte en el suelo.

–¿Qué ha pasado? –preguntó, dejando caer los cojines y poniéndose de rodillas junto a su amiga–. Ángel, ¿estás bien?

Charlotte hizo una mueca, ¿es que no lo veía con sus propios ojos?

Adonis se aclaró la garganta.

–Lo siento, yo... salió corriendo y no me di cuenta de que venía. Nos tropezamos y creo que se ha llevado la peor parte.

–Estoy bien, no ha pasado nada –«Por supuesto que estoy bien. Pero sí que ha pasado algo: Adonis se ha venido a vivir al lado de casa y yo me tropiezo con él como un búfalo en estampida»–. Supongo que tendría que haber puesto más cuidado y mirar, pero como en el jardín nunca hay nadie...

–No hay problema. Acabo de mudarme. La casa es de un amigo mío y me la ha alquilado por unos meses. Siempre me ha gustado Manhattan Beach, es muy divertido –dijo, y le guiñó un ojo, en un gesto que a Charlotte le recordó a Gabe–. Siempre pasan cosas.

–Oh, no es lo que tú piensas –protestó Charlotte.

–¿Qué crees tú que él piensa? –preguntó Gabe, con ánimo burlón, como siempre.

–Eres... –comenzó a protestar Charlotte, y se interrumpió al oír la risa de Adonis.

–¿Vivís aquí?

–Yo vivo aquí –respondió Charlotte, y miró fijamente a Gabe–. El gracioso, no. Pasaba por aquí y decidió entrar a fastidiarme un poco.

–Oh –dijo Adonis, volviendo a mirarla–, creía que estabais casados.

–¿Casados? ¿Nosotros? –preguntó Charlotte.

–Demonios, no –dijo Gabe–. El matrimonio en sí mismo ya es bastante malo como para encima compartirlo con ella.

Charlotte le dio una patada, que no borró la sonrisa de Gabe.

–Oh –dijo Adonis, sonriendo ampliamente y tendiéndole la mano a Charlotte–. En ese caso vamos a presentarnos. Soy Jack Landor.

–¿Jack Landor? ¿El soltero más apetecible de

América según la revista *Society*? –dijo Charlotte echándose a reír–. Sí, claro y yo soy el hada buena del Norte.

Adonis rio también, sonoramente, con una energía deliciosa. La verdad es que cuando se reía, sí que se parecía a Jack Landor.

–Encantado, hada del Norte, llámame Jack, por favor.

–Hola, Jack –dijo Gabe, interponiéndose ligeramente entre los dos. Jack tuvo que soltar la mano de Charlotte para estrechar la suya–. Soy Gabe Donofrio.

–Y yo Charlotte Taylor –dijo Charlotte, apartando a Gabe ligeramente.

–Hola, Charlotte –dijo Jack, sonriendo y saludando a Gabe con un movimiento de cabeza. Charlotte sonrió al ver que Gabe por fin se apartaba de su lado.

Gabe le devolvió la sonrisa, demasiado maliciosa para que se sintiera tranquila. Siguió el curso de su mirada que parecía fija en un punto de su cuerpo. ¿Qué era lo que le divertía tanto?

De repente, Charlotte recordó el comentario con que había comenzado todo aquello. Tenía barro en el...

–Bueno, bienvenido al barrio, Jack –dijo, sonriendo tímidamente–. En fin, tengo que entrar a ponerme algo más... visible.

–Por mí no lo hagas –dijo Jack, sin dejar de sonreír y mirándola fijamente.

Charlotte se quedó inmóvil por un instante.

Sonaba a flirteo.

Sacudió la cabeza y se echó a reír, luego dio media vuelta y volvió a su casa. No, no podía ser un flirteo. Gabe la siguió con los cojines en la mano, pero sin la menor intención de tirárselos. Entraron juntos en la casa. Dana los esperaba en el salón, con una expresión de horror.

–No puedo creer lo que habéis hecho –dijo. Era

obvio que había estado espiando desde la ventana–. ¿Has visto a ese hombre?

–No pudo evitarlo –dijo Gabe, antes de que Charlotte pudiera hablar–. Y es Jack Landor.

–¡No!

–Sí –dijo Gabe, y se dejó caer en el sofá–. Y quiere ligar con Charlotte.

–¡No! –dijo Dana, y abrazó a su amiga de improviso. Y tan rápido como la abrazó la soltó, quitándole un poco de arcilla de una manga–. ¿Quiere ligar contigo? ¿Con... con...?

–¿...esta pinta? –dijo Charlotte con un resoplido–. No podía apartar los ojos de mí. Seguro que en toda su vida ha visto una cosa igual... seguro –dijo, y miró a Gabe–. Gabe te está tomando el pelo. Ni en un millón de años se interesaría Jack Landor por mí. Además, no creo que ese Adonis sea Jack Landor.

–¿Adonis? –repitió Gabe.

–¿Cómo que no es Jack Landor? –dijo Dana.

–No es tan guapo –siguió Gabe–. ¿Es que te gusta? Porque si te gusta, deja que te diga que no te conviene. Quiero decir, sé que te has tomado la apuesta muy en serio, pero no vas quedarte con el primero que salga, ¿no?

–Dana –dijo Charlotte, ignorando el comentario de Gabe–, nos vemos en la peluquería. Gabe, vete al supermercado y luego vete a tu casa. Yo voy a ducharme.

Dana sonrió.

–Nos vemos a las doce.

Gabe se levantó y siguió a Charlotte hasta el baño.

–¿Te hace falta a alguien que te rasque la espalda? Porque podría encontrar un voluntario en la casa de al lado.

Charlotte le dio con la puerta del baño en las narices. Quizás no ganase la apuesta, pero iba a combatir con todas sus fuerzas.

Capítulo Tres

El jueves la paciencia de Gabe se colmó. Estaba harto de verse apartado por completo de la «agenda de transformación» de Charlotte. En realidad, ni siquiera había tenido tiempo de verla. Entre tanto, en él se había operado un cambio y ya solo tenía un objetivo: quitarle de la cabeza aquella maldita apuesta.

Metió su estilizado Mustang descapotable en el aparcamiento de Design Howes. Convencer a Charlotte de algo, sin embargo, era muy difícil, y conseguir que hiciera algo por su propio bien era prácticamente imposible.

–Soy imbécil –musitó, sacando el ramo de rosas blancas que le había comprado. A Charlotte le encantaban las flores, dos docenas de rosas rojas le habían salvado el cuello hacía dos años, cuando, por una broma estúpida, había acabado rompiendo el parabrisas de su coche.

Sin embargo, aunque no sabía por qué, se temía que aquella vez no podría convencerla tan fácilmente. Cuando Charlotte y él estrechaban sus manos para sellar una apuesta, no había nada que a ella le hiciera echarse atrás.

–Bueno –dijo una mujer desde la puerta–, ¿entras o piensas quedarte en la puerta toda la tarde?

–¿Eh? –dijo Gabe, que se encontraba abstraído en sus pensamientos–. ¿Qué?

Wanda, la recepcionista de Howes Design, le sonreía mientras sostenía la puerta abierta.

–¿Esas flores son para mí, guapo?

Gabe le devolvió la sonrisa.

–No, es la pipa de la paz para Charlotte. ¿Está?

Una extraña mirada cruzó el rostro de Wanda.

–Claro.

Gabe siguió a Wanda al interior.

–Vaya, vaya. Entonces, ¿eres tú lo que le ha ocurrido?

–¿Lo que le ha ocurrido? ¿A qué te refieres?

–Está muy rara, Gabe –dijo Wanda, en tono confidencial–. O sea, quiero decir que nunca la había visto así. Está rara.

–Oh, no –musitó Gabe.

Wanda se acercó más a él, rozándole el hombro con sus cabellos rizados y rojizos.

–¿Qué haces este fin de semana, guapo?

–Penitencia –masculló Gabe sin que la mujer le entendiera–. Gracias, Wanda.

Avanzó muy aprisa por el pasillo. ¿A qué se refería Wanda con aquello de que Charlotte estaba «rara»? Dios, ojalá no hubiera desempolvado los modelitos que su estúpido ex había diseñado, vestidos color pastel con botas militares, por ejemplo; ¿o se trataba de algo peor? ¿Cazadoras punkies con zapatos de tacón? ¿Niquis de piel de leopardo? ¿Se habría afeitado la cabeza?

Suspiró profundamente antes de entrar y abrió la puerta del estudio.

Se quedó helado.

Charlotte levantó la vista un segundo.

–Eh, hola, pasa –dijo con una sonrisa cansada–. Tengo que terminar este diseño, llevo trabajando en él desde por la mañana. El cliente es una auténtica pesadilla.

Gabe se sentía igual que si le hubieran dado un puñetazo en el estómago.

–Sí, sí, claro –balbució, sin saber qué decir–. Estás... estás... muy guapa.

Charlotte volvió a levantar la vista por un instante y la volvió a fijar en su mesa de trabajo.

Gabe esperaba cualquier cosa menos aquello. Era cierto, tenía un aspecto muy extraño: estaba extrañamente atractiva, extrañamente bella, extrañamente sensual.

Se había cortado la larga y descuidada melena y llevaba el pelo por los hombros, de un color distinto al suyo natural, más oscuro, quizás. Lo llevaba ligeramente recogido, mostrando su precioso cuello de cisne. Qué bien le sentaba aquel peinado a sus pómulos altos y marcados.

Parpadeó. ¿Cuándo demonios había reparado en sus pómulos?

Sus ojos castaños tenían un brillo especial, estaban llenos de vida.

–¿Gabe? Gabe –dijo–. Eh, Gabe –insistió con una tímida sonrisa.

Aquella sonrisa sacó a Gabe de su abstracción. Su aspecto no importaba, aquella sonrisa no podía ser de nadie más que de Charlotte... teñida de esa ternura capaz de curar las heridas más profundas, los golpes más duros.

–Estaba pensando en mi chequera. No sé si tendré que prepararme a rebajar mis ahorros o a añadir otro de los grandes.

Charlotte se echó a reír, con un ligero rubor que avivaba su «piel de porcelana», se dijo Gabe. «Menuda comparación, como esto siga así voy a terminar por escribirle un soneto».

Le tendió las flores con gran ímpetu.

–Para ti.

Charlotte se sonrojó aún más. Llevaba lápiz de labios rosa. Sus labios esbozaron una amplia y rosada sonrisa.

–Yo no te he comprado nada –bromeó, con una voz sensual, completamente nueva en ella.

¿Nueva? No, era su voz de siempre. «¿Por qué entonces mi corazón se ha puesto a mil revoluciones?»

Charlotte se levantó por un jarrón vacío que se encontraba sobre una estantería.

Fue entonces cuando Gabe se quedó con la boca abierta. Charlotte no llevaba los jeans raídos de siempre, sino un vestido rosa de verano que flotaba sobre su cuerpo como una nube. Además, tenía un cuello muy escotado que dejaba bien visible el canal entre sus pechos. También llevaba unas sandalias blancas, con tacones. Gabe se preguntaba por qué extraña ecuación física los tacones hacían lo que hacían en las piernas de las mujeres, pero lo cierto es que en Charlotte el efecto era... superlativo. Tenía unas piernas largas y esbeltas, como a él le gustaban.

«Eh, que es a Charlotte a quien te estás comiendo con los ojos».

Aquel pensamiento lo dejó de piedra.

Charlotte colocó las flores en el jarrón.

–¿Y esto a qué se debe? –preguntó, sonriendo.

–Rendición incondicional –murmuró Gabe, dejando por fin de fijarse en las piernas de Charlotte y preguntándose cuándo había perdido el control de la situación–. Por ambas partes. Vamos a acabar con esa estúpida apuesta, Charlie.

Charlotte adoptó un gesto grave y suspiró. «Esto no va a resultar tan fácil», se dijo Gabe

–¿Por qué empezó todo esto, Gabe? –preguntó Charlotte, volviendo a su mesa de dibujo. Sus tacones resonaron viciosamente.

–¿Tú qué crees?

Charlotte enarcó una de sus depiladas cejas.

–¿Quizás porque tú creías que solo iba a conseguir ponerme en ridículo?

–Yo nunca he dicho eso –interrumpió Gabe–. Pero no quiero que sufras.

–Es decir, crees que voy a sufrir porque no soy la clase de mujer que resulta atractiva.

«Hasta hoy», pensó Gabe, que no podía recordar lo que pensaba de ella anteriormente.

–Nunca me has parecido fea –dijo, con mayor gravedad de la que pretendía.

–¿Ah, no? ¿Y qué te parecía?

Gabe abrió la boca, pero reconsideró la respuesta.

–Eres buena, cariñosa, divertida. No juegas mal

al póker, te gusta el rugby. Eres brillante en tu trabajo...

–Oh, y por eso mi agenda está llena de citas –le interrumpió Charlotte con sarcasmo–. Y mi físico, Gabe, ¿qué te parecía mi físico?

Gabe suspiró.

–Eres mi mejor amiga, yo qué sé. ¡No pienso en mis amigas de esa manera!

–¡No escurras el bulto!

–Lo sabía. Llevas cuatro días con este asunto y ya me tratas de un modo distinto –dijo Gabe con aspereza–. Mirándote, oyéndote hablar, sé que todo esto es una mala idea. Además, ¿sabes con qué clase de tipos te puedes encontrar? ¡No tienes ni idea de dónde te estás metiendo!

–¡Puedo cuidar de mí misma, muchas gracias, lo he hecho durante todo este tiempo! ¡No hace falta que te preocupes por mí!

–¡Pues claro que me preocupo por ti! –replicó Gabe con rabia–. ¡Cómo no iba a hacerlo ahora si ya lo hacía antes de que perdieras la cabeza!

Permanecieron el uno ante el otro durante largos instantes. Las palabras que habían pronunciado resonaban como cuchillos. Antes de que cualquiera de los dos pudiera interrumpir el silencio, sonó el teléfono. Y los dos se sobresaltaron.

Charlotte descolgó.

–¿Sí?

Gabe suspiró. Había metido la pata hasta el final. Su única intención era ser convincente, persuasivo, pero había bastado ver el nuevo aspecto de Charlotte para que sus planes pasaran a mejor vida. Afortunadamente aún podía salvar la situación. En cuanto Charlotte colgara trataría de abordarla de un modo más suave.

–¿Glinda, el Hada Buena del Norte? –decía esta–. ¡Santo cielo! Hola, sí, perdona. Soy Charlotte Taylor. ¿Eres Jack?

A Gabe se le pasaron los deseos de hacer las paces. ¿Jack Landor? ¿Por qué demonios llamaba a Charlotte a la oficina? ¿Qué diablos quería?

Gabe se detuvo en mitad de sus preguntas. Oh, sí, estaba muy claro lo que aquel canalla quería.

–Sí, sí, estoy totalmente recuperada del fin de semana. Fuiste muy valiente... ¿Por qué? Por no salir corriendo nada más verme. Menuda pinta tenía... ¿Qué? Ah, eso –se echó a reír, y se sonrojó ligeramente–. Bueno, yo no sabía que se había caído nada precisamente ahí.

Gabe sintió el repentino deseo de dar un puñetazo, preferiblemente sobre el rostro de Jack.

–Hum... De manera que quieres la opinión de un nativo sobre los mejores lugares para salir en Manhattan Beach, ¿eh? Bueno, creo que podría ayudarte, conozco mucho restaurantes, un montón de bares deportivos y algunos clubs nocturnos... ¿Qué? –Gabe contuvo las ganas de ponerse en otro teléfono y comprobar qué le hacía a Charlotte tanta gracia–. Hum, no estoy segura. Sí. Hoy es jueves, ¿no? Pues, no, no tengo planes para esta noche.

Gabe cerró el puño. Aquel canalla había invitado a Charlotte a salir. ¡Vaya rostro!

–¿Qué? ¿Por la otra línea? Sí, claro, espero –dijo Charlotte y cubrió el auricular para hablar con Gabe–. Es Jack Landor.

–Me alegro –dijo Gabe torciendo el gesto–. ¿No pensarás salir con ese personaje?

–Bueno, no había... –dijo Charlotte y se interrumpió. Sus ojos lanzaron afilados destellos–. ¿Por qué? ¿No puedo?

–¡Apenas lo conoces! Podría ser cualquier cosa. Un asesino en serie, por ejemplo.

–¡Es Jack Landor! ¡Es tan famoso que supongo que el único sitio donde encuentra cierta intimidad es en el cuarto de baño!

–¡A eso me refiero! –exclamó Gabe, que habitualmente solía ser mucho más lógico. La rabia cegaba gran parte de su cerebro–. Lo único que digo es que no lo has pensado bien. Es un pez gordo, un tipo famoso... y tú no puedes pensar en otra cosa que en la maldita apuesta. ¿Por qué si no ibas a querer salir con una celebridad? ¡Piénsalo!

Charlotte frunció el ceño.

–O, por ser más precisos, ¿por qué alguien como él querría salir conmigo?

Gabe hizo una mueca.

–No vayas, Charlotte, de verdad te lo digo, ¡no vayas!

–¿Jack? Hola –dijo ella, con una voz afilada como una navaja–. Me encantaría salir a cenar contigo. Creo que podemos ir al Blue Moon, está en Manhattan Beach Boulevard. Cocina italiana, muy buena. ¿Te parece bien a las siete?... Perfecto. De acuerdo, ya sabes dónde vivo... Claro... Hasta las siete entonces, colgó con mucha tranquilidad–. Tengo una cita con Jack Landor. Esta noche.

–¿Cómo es que sabe tu número? –preguntó Gabe–. Respóndeme a eso, ¿cómo es que sabe tu número?

–Mira, Gabe, no tengo por qué responderte a nada de nada –dijo ella, y señaló la puerta–. Es más, creo que esta conversación ya ha durado bastante. Fuera.

–Aún no hemos terminado.

–Como sigas así, no tardaremos mucho en hacerlo. ¡Fuera!

–¡Vale!

Gabe salió dando un portazo. En la antesala, varias cabezas se levantaron para ver qué ocurría y él les lanzó una mirada asesina. Las cabezas volvieron a meterse en sus propios asuntos.

De modo que Charlotte había quedado con Jack Landor, ¿eh? De manera que pensaba que sabía cuidar de sí misma. Muy bien, pues habría que comprobarlo. Si ella se empeñaba en probar que podía ser una de las mujeres de la dichosa guía, él le demostraría la locura que tal pretensión suponía.

Aquella misma noche pensaba demostrarle que nadie sabía más de citas que el mismísimo Gabe Donofrio. No, señor.

Algunas horas más tarde, Charlotte todavía estaba furiosa por la escena de aquella tarde con Gabe. Se había comportado como un auténtico cavernícola, presentándose en su oficina y diciéndole a la cara que era incapaz de cuidar de sí misma. Y aquella ridiculez de que si salía con Jack pondría en peligro su seguridad... Si aquellas eran sus mejores armas para impedir que ganara la apuesta, estaba claro que lograría vencerle por goleada.

Apiló de cualquier manera lo diseños en los que había estado trabajando, demasiado nerviosa como para concentrarse en su ritual cotidiano de ordenar bien las cosas antes de marcharse. Pensó que, en última instancia, habían sido sus acusaciones e invectivas lo que la habían decidido a aceptar la cita con Jack.

De repente, ese pensamiento le atravesó el cerebro como un relámpago.

Una cita.

Estaba a punto de acudir a una cita.

Dos horas apenas.

Con el soltero más deseado de América.

¡Oh, no! ¿Por qué había cometido la torpeza de aceptar?

Salió de la oficina dando tumbos. Todos sus compañeros se habían marchado hacía rato, deseando aprovechar el buen tiempo de aquel veranillo de San Miguel que estaban disfrutando. La mayoría habían trabajado como esclavos para sacar a tiempo adelante la cuenta Kesington, así que se merecían sin duda aquel descanso antes de meterse de lleno con el siguiente proyecto. Un proyecto en el que ella se habría quedado trabajando si no hubiera aceptado la invitación a cenar que le había hecho aquel Adonis, pensó, sintiéndose más nerviosa a cada segundo que pasaba. Quizá lo mejor fuera anular aquel compromiso... Seguramente él entendería que tuviera que quedarse trabajando hasta tarde.

También podía llamarlo y decirle que estaba enferma. A decir verdad, empezaba a encontrarse mal de verdad.

Wanda estaba apagando las luces cuando llegó a la zona de recepción; se la quedó mirando de arriba abajo con una maliciosa sonrisa.

–Ese amigo tuyo que ha venido esta tarde se ha marchado con una cara que daba miedo. ¿Qué os ha pasado?

Charlotte suspiró. Wanda era la mayor cotilla de la empresa, y también una auténtica devorahombres: pasaba de uno a otro con la misma facilidad que un niño engullía caramelos.

–No aprueba mi gusto para elegir mis citas –le explicó entre dientes.

–¿Tienes una cita? –exclamó Wanda con los ojos como platos. Debía considerar sus palabras como el cotilleo más jugoso de la semana–. ¡Vaya! ¡Eso lo explica todo!

–¿Explicar el qué?

–Los cambios –dijo Wanda señalando con un gesto su atuendo–. La ropa y todo lo demás, ya sabes.

–Puede que lo haya hecho solo por que me apetecía, ¿no te parece? –replicó ácidamente.

Wanda le dirigió una mirada compasiva.

–No me digas... Conmigo no hace falta que disimules, ¿sabes? –dijo la descarada joven mientras se encaminaban hacia la salida–. Ninguna chica se tomaría tantas molestias a no ser que estuviera realmente empeñada en la caza del hombre. No tienes precisamente tu aspecto habitual, me parece a mí...

–¿Acaso hay algo malo en la forma en que me he vestido hoy? –replicó Charlotte a la defensiva; en el fondo, estaba preocupada por las palabras de su interlocutora. Disimuladamente miró su imagen reflejada en las puertas de cristal; Dana y la dependienta de la tienda le habían asegurado que el vestido le quedaba de maravilla, pero ella no acababa de tenerlas todas consigo. Nunca le habían entusiasmado los colores pastel... Si por lo menos pudiera estar segura de que no parecía una ridícula...

–¡Claro que no! –la tranquilizó Wanda de inmediato–. Solo que tienes una pinta tan... distinta. Ya sé que muchas veces te he dicho que necesitabas un cambio pero, la verdad, no me esperaba algo tan radical.

–¿Radical? –a Charlotte no le hacía la menor gracia semejante expresión... o, para ser más exactos, aunque en el fondo le halagaba que se dieran cuenta de sus esfuerzos por cambiar, también la fastidiaba que la cosa fuera tan evidente.

–Aunque, claro, puede que fuera eso precisamente lo que necesitabas –continuó Wanda. Sus tacones repiqueteaban sobre el cemento de camino al aparcamiento.

«Si yo anduviera como ella, acabaría dislocándome la cadera», pensó Charlotte.

–¿Qué quieres decir? –preguntó intrigada.

–Por tu cambio de imagen, yo diría que estás dispuesta a cazar marido –dijo Wanda juguetona–. Y las empresas desesperadas necesitan medidas desesperadas, ¿no es cierto?

Charlotte se quedó plantada al lado de su coche, un volkswagen escarabajo de color púrpura al que cariñosamente llamaba Gominola. Sin saber qué decir, se quedó mirando a la joven que tenía enfrente, que le pareció más provocativa que nunca con aquel traje minifaldero color vino.

–Por lo que veo, tienes experiencia en la materia –articuló al fin.

Wanda se echó a reír, ni por asomo ofendida por lo que le acababa de decir.

–¡Ni hablar de eso! –exclamó–. Pienso divertirme una temporadita más antes de sentar cabeza. Pero, si necesitas ayuda, no tienes más que llamar a tu amiga Wanda. Ya has dado un paso en la dirección correcta al cambiar de estilo, pero cuando te decidas a jugarte el todo por el todo, dímelo y yo te echaré una mano. ¡Buenas noches!

–Buenas noches –repuso Charlotte débilmente. Por el rabillo del ojo vio alejarse a Wanda, erguida y con la pelirroja melena al viento. Parecía una modelo de revista.

Por fin abrió la portezuela y se sentó al volante. Desanimada, contempló su rostro reflejado en el retrovisor: recordó la perfecta piel de porcelana de Wanda, y no pudo por menos que lamentar su aspecto, con el maquillaje corrido y el peinado revuelto por no habérselo arreglado después de quitarse la banda elástica que se ponía para que los rizos no la molestaran mientras trabajaba. Con un triste suspiro, puso el coche en marcha.

Las empresas desesperadas necesitan medidas desesperadas.

Si cancelaba su cita con Jack lo único que conseguiría sería prolongar la agonía. Tenía que acabar con aquel tira y afloja de una vez por todas. Solo era una cita, nada más, y podría afrontarla, claro que sí.

Además, tenía que considerar la apuesta como un aliciente, no como algo que la agobiara aún más. A fin de cuentas, era ella la que se había metido solita en aquel berenjenal.

No pensaba volver a caer en la autocompasión. Dolía demasiado.

Capítulo Cuatro

Charlotte estaba en su dormitorio, acabando frenética de arreglarse, cuando sonó el teléfono.

–¿Diga? –contestó, sujetando el inalámbrico con el hombro, mientras se concentraba con los cinco sentidos en ponerse las medias sin hacerse una carrera.

–Así que es cierto –empezó Dana yendo directamente al grano–. ¿De verdad has quedado con Jack Landor.

–Por lo que veo, las malas noticias se difunden con rapidez –gruñó Charlotte. No le extrañaría nada que Gabe hubiera decidido poner un anuncio en los periódicos–. Pues sí, es verdad. De hecho, me has pillado arreglándome para la cena.

–¿Y qué te vas a poner? –preguntó Dana como si pensara someterla al tercer grado.

–Una camisa de seda blanca con unos pantalones de pinzas gris oscuros y una chaqueta negra.

–¿Vas a una cena o una reunión de negocios?

–Te advierto que ya estás en la lista negra por ese empeño tuyo de vestirme en tonos pastel –le advirtió Charlotte–. Por favor, no me agobies. Estoy ya hasta el moño de esta situación.

–¿Y por qué no te pones alguno de los vestidos que te compraste? –insistió su amiga, haciendo caso omiso de sus protestas.

–Primero, porque ya me he puesto uno para ir a trabajar hoy; segundo, porque seguro que refresca y no quiero acatarrarme, y, tercero, por que cuando los llevo es como si tuviera un cartel que pusiera, «tómame, soy tuya»... y, por si no lo sabes, voy a salir con

Jack Landor, un tipo que debe tener más fans que los Rolling Stones.

–Y no me extraña: ese chico hace que Brad Pitt parezca un alfeñique...

–Oye, guapa, ¿tienes algo constructivo que decirme o te vas a pasar la noche poniéndome más nerviosa de lo que ya estoy? –le interrumpió Charlotte–. Porque, te lo advierto, si no tienes nada útil que decirme, prefiero colgar y buscar una cuerda para ahorcarme.

–Relájate, cielo –dijo Dana dulcemente–. A ver, respira por la nariz, expira por la boca...

–¡Ja! Como si eso fuera tan fácil –replicó Charlotte–. Te recuerdo que no eres tú la que tiene que salir a cenar con el soltero de oro de América.

–Pues supongo que algo te debe gustar cuando aceptaste su invitación, ¿no?

–Sí, es cierto, lo hice, pero creo que fue porque estaba Gabe delante volviéndome loca con sus comentarios –Charlotte se sentó delante del tocador y procedió a aplicarse el maquillaje como le había aconsejado la dueña del salón de belleza, procurando ver su rostro como si fuera el de una extraña, aunque eso le hiciera sentirse terriblemente incómoda–. Me siento como una idiota, Dana. Me sudan las manos y el corazón me late como una ametralladora.

–Parece amor –aventuró Dana canturreando.

–Parece puro pánico –replicó Charlotte en el mismo tono. La próxima vez que viera a Gabe, le estrangularía sin compasión. Aunque no tenía modo de probarlo, estaba completamente segura de que él era el único culpable de todas sus desdichas.

Dio un bote al oír el timbre de la puerta.

–¡Oh, no! Ya ha llegado –gimió.

–Acuérdate de llevar un preservativo –le aconsejó Dana.

–Creo que me será de más utilidad una cápsula de cianuro. Buenas noches, Dana –dijo, y colgó, antes de que su amiga siguiera dándole consejos.

Conteniendo casi la respiración, se acercó a la puerta y la abrió muy lentamente, procurando esbozar una amable sonrisa. Jack la estaba esperando: llevaba unos pantalones negros y un jersey de color verde a juego con sus ojos. Tenía un aspecto atractivo y amable, lo que contribuyó a que Charlotte se tranquilizara un tanto.

–Hola, Jack –saludó en un tono apenas forzado.

–Hola, casi no te reconozco.

–¡No me digas! –replicó; buscó la chaqueta, se puso el bolso al hombro y cerró la puerta–. La verdad es que últimamente, ni yo misma me reconozco.

–¿Por qué?

–¿Por qué qué? –preguntó Charlotte un poco extrañada.

–La única vez que nos encontramos, no pude ver bien tu cara –le explicó Jack con una sonrisa bailándole en los labios–, por eso lo he dicho... pero supongo que tú te has visto muchas veces sin llevar una mascarilla de arcilla en la cara, ¿o me equivoco?

–¡Ah, la mascarilla! –repuso con una simulacro de carcajada–. La verdad es que hizo maravillas. Me siento como una persona completamente nueva, y por eso es por lo que apenas me reconozco –ciertamente, aquella frase, una vez dicha, le parecía una soberana sandez incluso a ella.

–¿De verdad? ¿Y cómo eras antes?

–Guárdame el secreto: para empezar, en realidad medía casi uno noventa –se preguntaba cuánto tiempo tardaría en darse cuenta aquel bombón que había desperdiciado la noche quedando con la chica más tonta de la comarca.

«Oh, Dios», rogó para sus adentros, «haz que sobreviva a esta noche».

Media hora después aún seguía con vida, pero por los pelos. Había conseguido pedir la cena y solo se habían producido tres embarazosos silencios. Por desgracia, derramó el agua del vaso dos veces y a punto estuvo de quemar el menú con la vela que había en el centro de la mesa para dar un ambiente romántico.

–Lo siento –se disculpó una vez más. Él la miraba amablemente, pero Charlotte estaba segura de que se trataba de la compasiva amabilidad que normalmente se reserva para las personas ligeramente torpes–. Te aseguro que normalmente no soy tan desastre.

–A riesgo de que me consideres un fatuo, te diré que estoy acostumbrado a que la gente se ponga nerviosa cuando está conmigo –la tranquilizó Jack con una encantadora sonrisa.

–No me extraña: eres guapísimo –dijo Charlotte. Inmediatamente se arrepintió de aquellas atrevidas palabras. Tan nerviosa se puso que a punto estuvo de derramar el vaso de agua por tercera vez–. Lo... lo siento... No sé cómo he podido decir semejante cosa.

–No, no te disculpes... has sido muy amable –Jack se echó a reír–. A lo que yo me refería era a que la gente se pone nerviosa por lo del dinero... Ya sabes. Se me habían olvidado por un momento esos estúpidos titulares, «El soltero de oro», «El mejor partido de América». No me parecen más que estupideces.

–Sí, los he leído –a decir verdad, Wanda había tenido durante más de tres meses colgada al lado de su mesa una portada de revista en la que él salía.

–Desde que empecé a salir en la prensa, las mujeres con las que salgo o se quedan literalmente mudas, o no dejan de hablar, intentando convencerme por todos los medios de que son lo mejor desde que se inventó el pan de molde –bromeó.

–¡Qué gracia! –Charlotte se echó a reír a carcajadas–. Conmigo no tendrás ese problema: definitivamente, no soy lo mejor después del pan de molde.

–No estoy tan seguro –bromeó su acompañante–. Me resulta muy fácil hablar contigo, eres una persona inusualmente sincera, Charlotte... ¿O debería llamarte Ángel? –preguntó burlón–. Oí que ese chico, ¿cómo se llama?... te llamaba así.

–¡Ah! Te refieres a Gabe –contestó, poniéndose roja como una amapola–. Es un amigo de la infancia. Me llama así porque sabe que me fastidia enormemente.

–¿Y por qué te fastidia que te llamen ángel?

–Es una bobada, la verdad: cuando era pequeña mi padre solía llamarme Charlie y, además, Gabe y yo no nos perdíamos ningún capítulo de Los ángeles de Charlie. Una vez la hermana de Gabe intentó cortarme el pelo a capas, para que me quedara como a Farrah Fawcett, ya sabes, pero el resultado fue un completo desastre. Estaba horrible –le explicó, sin poder contener una sonrisa ante aquel recuerdo–. Gabe se rio de mí todo lo que quiso y más, y empezó a llamarme Charlie, el ángel peor peinado del mundo.

–Pues ahora tienes un pelo precioso. No te pega que te llamen Charlie, y en cambio te va muy bien lo de ángel –la piropeó Jack.

Charlotte agachó la cabeza confundida. Era un simple cumplido, pero no sabía cómo reaccionar. Desesperada, intentó encontrar algo que decir, cualquier cosa que sirviera para romper el silencio.

Y fue entonces cuando lo vio.

Gabe acababa de entrar en el local con una maliciosa sonrisa. Ostensiblemente, no miró hacia su mesa, sino que se dirigió hacia la suya acompañando a una chica.

Aquella mujer debía medir por lo menos uno ochenta, calculó Charlotte. Tenía el pelo rubio platino y una delantera más que considerable, realzada aún más por el ajustado vestido que llevaba. Charlotte se sintió decepcionada por el mal gusto de su amigo... sin embargo, se corrigió de inmediato, ¿cómo era capaz de pensar semejante cosa si, a decir verdad, nunca había conocido a ninguna de las amigas de Gabe? Y, de todas formas, ¿a ella qué le importaba con quién salía o dejaba de salir?

Sin embargo, al ver que la mujer se le pegaba a

Gabe como una lapa, sintió que se le aceleraba el pulso.

–Hablando del rey de Roma –dijo Jack–. ¿No es ese tu amigo?

–Eso parece –replicó evasiva– Sin embargo, no conozco a la chica que va con él.

–Desde luego, no es la clase de chica de la que uno se olvide fácilmente –dijo Jack enarcando una ceja cómicamente.

Charlotte recompensó aquel comentario dedicándole una radiante sonrisa.

Les sirvieron la cena al tiempo que Gabe y su explosiva acompañante tomaban asiento en una mesa cercana a la suya, a espaldas de Jack pero por desgracia justo enfrente de Charlotte. La joven procuró concentrarse en Jack y no fijarse en los gestos y mimos que la mujer que acompañaba a Gabe hacía con las manos, en las que lucía una impecable manicura francesa. Gabe, por su parte, se limitaba a sonreírle como un bobo.

–¿Pasa algo? –preguntó Jack frunciendo el ceño.

–No, no, nada en absoluto –musitó Charlotte bajando la vista al plato. Qué más le daba que a Gabe le gustara salir con chicas como aquella. A fin de cuentas, estaban en un país libre.

Gabe se acercó hacia su acompañante al parecer para oírle mejor, pero Charlotte pudo ver con meridiana claridad que ella le mordisqueaba descaradamente el lóbulo de la oreja. Gabe miró directamente a Charlotte y le dedicó un pícaro en indisimulado guiño.

A ella se le cortó la respiración al darse cuenta de la jugarreta: ¡Era pura comedia! Había ido a aquel restaurante llevando justo al tipo de mujer al que estaba dirigida la Guía solo para ponérselo delante de las narices. Le estaba diciendo que, por más que se esforzara, ella jamás podría comportarse con Jack como aquella rubia explosiva. Jamás sería tan sofisticada, ni tan sensual, ni mucho menos tan atrevida.

Se volvió hacia Jack con el corazón latiéndole como una ametralladora: si Gabe no la hubiera puesto entre la espada y la pared, jamás habría aceptado aquella cita. Y ahora, para colmo, ahí lo tenía, empeñado en que se sintiera lo más incómoda posible, exhibiéndose con aquella especie de muñeca hinchable.

Bebió un largo trago de agua fría para ver si eso la calmaba.

«Eres una mujer. Compórtate como tal».

Era entonces o nunca. Iba a demostrarle que había aprendido bien la lección que había leído en aquel libro que le regalaran sus amigas.

–Me encanta este restaurante –dijo poniendo una vos deliberadamente ronca y sensual.

Jack se quedó mirándola con los ojos muy abiertos, con el tenedor repleto de arroz a medio camino entre el plato y su boca.

–¿De verdad?

–Mmmm... sí. Es uno de mis restaurantes favoritos en Manhattan Beach. Es tranquilo, con ambiente romántico, y la comida... –sonrió y tomó un poco de su *risotto,* paladeándolo muy lentamente: el característico sabor del queso parmesano casaba perfectamente con los fragantes champiñones y los crujientes espárragos. Estaba tan rico que no tuvo que esforzarse mucho en gemir de satisfacción–. La comida es absolutamente deliciosa.

Jack se la quedó mirando como si fuera la primera vez que la viera. Charlotte tuvo que hacer un gran esfuerzo por mantener el tipo sin venirse abajo. Sabía que su acompañante podía reaccionar de dos formas completamente distintas: pensando que ella estaba loca de remate, o encontrándola tan atractiva y sensual como el libro presagiaba.

Sus ojos se iluminaron de repente con un chispazo verde esmeralda: Charlotte solo había visto que los hombre miraran de aquella forma a mujeres como Bella o Dana, y ahora que aquel gesto iba dirigido de forma indudable a ella, no sabía muy bien cómo reaccionar. Esbozó lo que le pareció una sexy sonrisa, con lo que consiguió que Jack la mirara aún con más intensidad.

Justo en ese momento la acompañante de Gabe lanzó una chirriante carcajada que obligó a Charlotte a desviar la vista hacia su mesa: el camarero les acababa de servir una copiosa ensalada y la desconocida se estaba dedicando a dar de comer pequeños bocaditos de su tenedor a Gabe. Su estilo era tan abiertamente sensual, tan provocativo, que a Charlotte su propio flirteo le pareció soso y puritano. No quería ni imaginarse lo que aquella mujer le estaría haciendo a Gabe por debajo del mantel...

Meneando la cabeza se obligó a concentrarse en su situación. Comprobó en qué consistía el plato que le habían servido a Jack: salmón marinado en salsa de vino.

–¿Puedo probar un poquito? –murmuró tentadora–. Nunca había visto ese plato –aunque se esforzaba todo lo que podía, algo le decía que tenía la batalla perdida.

Con una sonrisa, Jack tomó un bocado con su tenedor y se lo ofreció. Charlotte disimuló como pudo su sorpresa: nunca había comido directamente del cubierto de otro hombre, a excepción del de Gabe, y, evidentemente, eso no contaba. Aquel gesto le parecía demasiado íntimo, y estaba a punto de zafarse cuando una mirada a la mesa de Gabe la detuvo.

Su amigo la estaba mirando fijamente, haciendo caso omiso del pedazo de lechuga que le presentaba su acompañante. ¡El muy sinvergüenza aún tenía la cara dura de permitirse mirarla desaprobadoramente!

Con una sonrisa maliciosa, Charlotte se agachó un poco y tomó de un bocado el salmón que Jack le ofrecía. Tenía un sabor tan delicioso que no quiso reprimir un suspiro de satisfacción.

–¡Qué maravilla! Si consiguiera convencerlo, me casaría con el chef.

Jack se adelantó hacia ella y le tomó de la mano.

–¿Te conformarías si te prometo traerte aquí todas las noches?

Charlotte rio nerviosa, preguntándose cómo desasirse sin que el gesto pareciera demasiado brusco. Jack mantuvo su mano entre las suyas por un largo instante hasta que por fin la depositó sobre la mesa, acariciándola con dulzura antes de soltarla. Conteniendo un suspiro de alivio, Charlotte se concentró con todas sus fuerzas en su acompañante, procurando ignorar lo que ocurría e la mesa que tenía enfrente. Charlaron durante un buen rato de libros y películas, y a medida que transcurría la conversación, más convencida estaba de que Jack, además de un hombre muy bien parecido, era absolutamente encantador.

Sin embargo, encantador o no, su compañía la ponía nerviosa, así que se alegró cuando les presentaron el menú para que eligieran el postre. Estaba deseando quc aquella angustiosa cita terminara de una vez.

–Todo tiene tan buena pinta que no sé qué tomar –dijo Jack mirándola por encima de la carta–. ¿Qué me recomiendas?

–La tarta helada de chocolate y frambuesa –respondió Charlotte sin dudarlo–. Es lo que suelo tomar yo, pero la verdad es que hoy no tengo tanta hambre. Siempre la comparto... –afortunadamente, se detuvo a tiempo antes de añadir «con Gabe».

–Entonces –propuso Jack con aquella sonrisita suya tan sexy que ya empezaba a sacarla de quicio–, la compartiremos, ¿te parece?

Ella asintió con un gesto. Lo único que de verdad quería era que aquella maldita cita terminara de una vez.

–¡Oh, Gabe! Creo que no debería tomar postre... Lo mío son las ensaladas, ¿sabes?

Charlotte ladeó la cabeza para ver cómo los ocupantes de la mesa de enfrente se concentraban en la carta de postres. La chica estaba armando un montón de jaleo, atrayendo las miradas de la mayor parte de los hombres presentes en la sala. Charlotte puso los ojos en blanco: empezaba a desesperarse. Si hubiera tenido que enfrentarse solo a Jack, era más que probable que habría acabado hasta por disfrutar con la cena, pero la combinación de Jack y aquella chica sacada directamente de las páginas de la Guía era más de lo que podía soportar en la primera cita que tenía en muchos años.

–No te preocupes –oyó que la tranquilizaba Gabe–: lo compartiremos.

Charlotte se puso colorada de rabia.

–¿Te encuentras bien? –le preguntó Jack preocupado.

–Lo siento, Jack. La verdad es que últimamente tengo demasiadas preocupaciones.

Él asintió comprensivo.

–¿Quieres hablar de ello?

–La verdad es que no.

–¿Estás segura? –sonriendo, le tomó la mano de nuevo, dejando a un lado sin embargo cualquier connotación sensual o juguetona, solo como lo haría un buen amigo. Y aquella vez Charlotte no quiso que la soltara–. Soy muy bueno escuchando.

–Sí, estoy segura de que eres un buen oyente –replicó la joven apretándole la mano con cariño–. Lo que pasa es que a mí no me gusta mucho hablar, lo que supongo que ya te habrás figurado.

–Qué va, eres encantadora, pero ya me he dado cuenta de que estás algo distraída. Solo me gustaría preguntarte una cosa.

–¿El qué? –dijo ella algo tensa.

Jack lanzó una mirada por encima del hombre, en dirección a la mesa que tenía a su espalda.

–¿Por qué estás tan obsesionada por esa pechugona de ahí detrás?

–¡Dios mío! –murmuró Charlotte, como una chiquilla pillada en falta.

–No sé si ella se habrá dado cuenta, pero le estabas lanzando unas miradas que parecía que quisieras petrificarla.

Charlotte agachó la cabeza y enterró la cara entre las manos.

–¡Oh, no...!

Jack la obligó a levantar la cabeza y mirarlo a los ojos.

–Es por ese tipo, ¿verdad? Tu amigo Gabe...

–No es lo que te imaginas –replicó ella, pugnando por elegir las palabras adecuadas para que él entendiera lo que quería decir–. Gabe y yo nos conocemos desde que tenía ocho años. Es mi mejor amigo. Sin embargo, lo mismo que la mayoría de los hombres de Los Ángeles, piensa que soy tan sexy como un documental de jardinería. Y como somos tan amigos, no se corta nada, y me lo dice en la cara continuamente... después de todo, ¿para qué están los amigos? –se le quebró la voz, así que se calló abruptamente antes de caer en algo más humillante, como echarse a llorar delante de aquel hombre.

–Pues a mí algunos de esos documentales me encantan –declaró Jack arrancándole una sonrisa–. Y si ese tipo, o cualquier tipo de esta ciudad, no piensa que eres absolutamente maravillosa es porque está loco de remate. Permítame que le diga, señorita, que es usted una de las mujeres más hermosas que he visto en mi vida.

–¡Ja! Eso lo dices porque no me has visto las piernas.

–También me gustan –replicó el joven de inmediato lanzándoles una mirada de reojo–. Bien... ¿y qué están haciendo ahora nuestros amigos? –preguntó bajando la voz y mirando discretamente por encima del hombro, como si fuera un verdadero espía.

–Ella está tomando helado... Él se lo da a cucharaditas –respondió Charlotte en el mismo tono.

–Yo creo que nosotros podemos hacer algo mucho mejor que eso.

Charlotte sonrió, sintiéndose perfectamente a gusto con Jack por primera vez en toda la noche. Los dos emprendieron una actuación que dejó a la altura del betún a algunas escenas de *Nueve semanas y media*: él empezó a darle cucharadas de helado que ella lamía entre mohines; después fue ella la que empezó a darle de comer de su cuchara al tiempo que le aplicaba ridículos nombres como «cielito». Todo aquello era muy divertido, especialmente porque ninguno de los dos hubiera esperado que ella fuera a mantener el tipo tan bien. A decir verdad, Charlotte fue la primera en sorprenderse a medida que descubría en ella semejantes aptitudes para la seducción. De hecho, a los pocos minutos había atraído la atención de la mayoría de los comensales del restaurante.

Sin embargo, cuando miró hacia la mesa de su amigo, se le borró la sonrisa del rostro. La rubia había dejado la cuchara a un lado, había arrimado su silla a la de Gabe y le besaba en el cuello, como un vampiro, pensó Charlotte, sin el menor pudor. El joven mantenía los ojos entrecerrados, y apenas le dedicó una distraída mirada.

La joven se sintió dolida, iracunda y, sobre todo, deseosa de responder al reto de Gabe. Vio que en el plato de helado que acababan de tomar solo quedaba la guinda.

–¿La quieres? –le preguntó a Jack.

–Si tú la quieres, tómatela –respondió, dándose palmaditas en el estómago–. Me temo que esta noche voy a tener indigestión, pero ha merecido la pena. Hacía siglos que no me divertía tanto.

–Espera y verás –murmuró Charlotte llevándose la cereza a la boca.

–¡Muy bien! –exclamó Jack haciendo como que le aplaudía, pero ella le detuvo con un gesto.

–Espera un poco. Ahora viene lo mejor –le anunció–. Mira –dijo, y empezó a mover la lengua a una velocidad vertiginosa. Antes de que Jack supiera qué era lo que estaba haciendo, sacó de la boca el rabo de la cereza hecho un nudo. Su acompañante la miró con asombro indisimulado–. Lo aprendí en una fiesta, con los chicos.

–Creo que necesito un cigarrillo... ¡Y eso que no fumo! –exclamó Jack por fin.

Todos los presentes le dedicaron un cerrado aplauso, admirados por semejante habilidad. Un hombre, vestido de ejecutivo incluso se levantó.

–¡Bravo, chica! –exclamó, mientras sus compañeros silbaban entusiasmados.

Debatiéndose entre el deseo de salir corriendo o de esconderse debajo de la mesa, Charlotte optó por levantarse y agradecer los aplausos. La Guía no indicaba cómo comportarse en un caso semejante: ¿qué habría que hacer para parecer sexy al mismo tiempo que se hacía el tonto?

–Creo que ya he terminado lo que tenía que hacer por aquí –murmuró, sintiéndose como una auténtica heroína–. ¿Nos vamos?

–¡Ha sido tan divertido! –exclamó entre carcajadas, un poco achispada incluso, en el camino de vuelta a casa.

–Te aseguro que a ninguno de los hombres que te ha visto esta noche le queda la menor duda sobre si eres sexy o no –dijo Jack entusiasmado–. Desde luego, a mí me has convencido.

–Creo que no podré darte las gracias lo bastante, Jack.

–No hay de qué –replicó el joven retirándole un rizo de la cara–. Ha sido un auténtico placer.

–No, te lo digo en serio... Ni siquiera me había dado cuenta de lo mucho que me había afectado lo que Gabe me dijo. No creo que la sinceridad sea siempre una virtud... en este caso, la verdad es que me dolió.

–No creo que te lo dijera por un afán de sinceridad –observó Jack–: creo que estaba completamente equivocado. De todas formas, ¿por qué te dijo semejante cosa?

Charlotte se puso colorada al recordar la apuesta.

–Es una historia muy larga y no demasiado importante. Supongo que intentaba que me sintiera mejor, y por eso vino a decirme que yo era uno más de la pandilla. Todo se reduce a que no piensa en mí como mujer... de todas formas, no me importa mucho.

–¡Vaya, hombre! Y, si no eres una mujer, ¿se puede saber qué eres?

Un hamster, estuvo a punto de responder, acordándose del comentario de Gabe al ver la guía.

–Piensa que soy como uno de sus amigotes: vemos juntos los partidos, vamos juntos al cine. Incluso ha intentado enseñarme a hacer surf, pero soy negada para ese deporte –le explicó–. Estaba conmigo cuando mi padre murió, y yo fui a su Universidad cuando consiguió el título de MBA. Es mi mejor amigo, Jack: no me mentiría jamás.

–Puede que no sepa enfrentarse a la verdad –apuntó Jack enigmáticamente.

–¿Qué quieres decir con eso? –preguntó intrigada.

–Tú limítate a pensar en lo que te he dicho –fue la curiosa respuesta de Jack.

Al cabo de unos minutos llegaron a su calle. Cuando se detuvieron delante de la verja que separaba sus casas, Charlotte se quedó sin saber qué hacer. Le gustaba Jack, pero no quería invitarle a entrar en su casa... en el fondo, sin embargo, le apetecía, aunque solo para hablar de Gabe. Y hasta ella, con su escasa experiencia en el mundo de las citas, sabía que eso no sería lo más adecuado

–Bueno... aquí me quedo yo –dijo, nerviosa, pasando el peso del cuerpo de un pie a otro–. Gracias por invitarme a salir, Jack.

–Tenemos que repetirlo –respondió Jack con su más encantadora sonrisa–. Er... creo que ahora viene la parte del beso de buenas noches.

Ella sonrió débilmente, retrocediendo un paso atrás.

–No te lo vas a creer, pero no tengo costumbre de dar besos en la primera cita.

–¿Y querrás creer que es la primera vez que oigo semejante frase fuera de una película? –replicó Jack echándose a reír–. Me gustas, Charlotte Taylor –declaró.

–Y tú también me gustas, Jack Landor –dijo Charlotte, visiblemente aliviada.

–Se me ocurre una idea... ¿Qué planes tienes para el sábado por la noche?

–Ninguno en absoluto –confesó Charlotte sin el menor pudor.

–Me han invitado a una fiesta en Century City. Hay que ir de etiqueta y todo ese rollo. Supongo que será aburridísima, pero si tu me acompañas, seguro que la cosa cambia. ¿Te apetece?

A Charlotte se le hizo un nudo en el estómago.

–¿De etiqueta? ¿Quieres decir que tendré que ir de largo?

–Por favor –suplicó Jack–, soy un recién llegado, no conozco a nadie, ten piedad de mí. Si aceptas me harías un favor inmenso.

Charlotte suspiró: aquella cena ya había sido una prueba muy dura, así que se imaginaba perfectamente el suplicio que iba a pasar en la fiesta.

–Está bien, iré contigo.

–¡Genial! –Jack estaba contentísimo–. Pasaré a buscarte a las siete –dijo, y agachándose, le dio un suave beso en la mejilla antes de emprender silbando el camino hacia su casa.

Charlotte abrió la verja, atravesó el jardín y se metió e su casa, cerrando la puerta con mayor brusquedad de la que era usual en ella.

Jack le parecía encantador, amable y simpático. Como se proclamaba en casi todas las revistas del país, era el hombre perfecto. Y, entonces, ¿por qué no sentía su corazón vibrar cuando hablaba con él?

¿Por qué no se derretía ni le temblaban las rodillas cada vez que él le dedicaba alguna de sus deslumbrantes sonrisas? Y, sobre todo, ¿por qué no había invitado a semejante apolo a entrar en su casa, dándose así la oportunidad de romper con aquel celibato que ya le pesaba tanto?

A lo mejor le faltaba un tornillo.

Estaba cansada y se sentía confusa. Se había disipado por completo la sensación de triunfo que había alcanzado en el restaurante. Necesitaba hablar con alguien de lo ocurrido, quizá de esa forma se le aclararan las ideas.

Sin pensarlo dos veces, se dirigió al dormitorio y marcó un número.

–¿Diga? –contestó Gabe al otro extremo de la línea.

Charlotte se puso a temblar de pies a cabeza. Había llamado a Gabe, claro, justo lo que siempre hacía cuando necesitaba hablar con alguien.

¿Qué podía decirle? ¿Que le había dolido que le dijera la verdad? ¿Que aquella noche se había comportado como una idiota por culpa suya? ¿Que no había invitado a Jack a entrar en su casa y no sabía por qué? ¿Qué pensaría Gabe de todo eso? ¿Qué podría decirle?

Tras unos instantes oyó un gruñido y que Gabe colgaba. Todavía con el auricular en la mano, Charlotte enterró la cabeza en la almohada y se echó a llorar.

Sí, tal vez aquella apuesta se le había escapado de las manos. Por la mañana hablarían con él y zanjaría aquella estupidez de una vez por todas. Que todos los hombres del mundo se pusieran a sus pies no le serviría de nada si perdía al único amigo que tenía.

Capítulo Cinco

A la mañana siguiente Gabe estaba sentado en su despacho, delante del ordenador. Ya había tenido dos reuniones, dictado varias cartas e informes y examinado al menos media docena de propuestas para Lone Shark. A decir verdad, no había prestado la menor atención a ninguna de ellas.

La noche anterior se había acostado muy tarde, pero por fin había conseguido hacerse una idea de la situación. En las circunstancias en las que se encontraba, una pequeña campaña de venganza no es que fuera conveniente, sino absolutamente necesaria.

Cuando por fin él y su acompañante salieron del restaurante, estaba que echaba chispas. Había montado todo aquello para demostrarle cómo se comportaban las mujeres que salían en aquella dichosa Guía, lo previsibles que eran sus tácticas y, a decir verdad, Terri había desempeñado su papel a la perfección. Lo que jamás hubiera imaginado era que Charlotte tuviera el temple no solo para imitarla, sino incluso superarla con creces. Al final de la cena estaba tan enfadado que lo único que deseaba era dejar a Terri en un taxi y presentarse en casa de Charlotte para decirle un par de cosas. Solo se detuvo al pensar que tal vez su amiga no estuviera sola.

Y fue justo entonces cuando el hombre de negocios que llevada dentro tuvo una intuición genial. Tras dejar a su acompañante en un taxi, volvió al restaurante y le compró al fotógrafo del local por el triple de su valor el carrete de fotos que había sacado aquella noche.

Para entonces había conseguido tranquilizarse

bastante: Charlotte no era el tipo de chica que se acostaría con Jack la primera noche, de eso estaba seguro. Se había portado de una forma tan escandalosa solo para vengarse de él, para provocarlo... y a fe que lo había conseguido. Ahora ella estaría esperando que él hiciera el siguiente movimiento... y ahí era precisamente donde entraban las fotos.

Llevó el carrete a una tienda de revelado rápido donde en menos de una hora le dieron una foto de no muy buena calidad pero en la que se distinguía perfectamente a Charlotte en el momento de llevarse a la boca la maldita cereza. Tenía que pensar cuidadosamente qué hacer con semejante material, no se le podía olvidar que ella era una auténtica maestra en el arte de la venganza. Recordó que una vez había conseguido un fotomontaje de lo más logrado en el que aparecía él completamente desnudo, tapando sus vergüenzas con un sombrero, y que lo había hecho imprimir en todas las invitaciones para su fiesta de cumpleaños.

La verdad era que cuando había una apuesta de por medio, Charlotte y él dejaban a un lado cualquier escrúpulo. Enseguida iba a ver aquella descarada lo que la esperaba después de su actuación en el restaurante.

Lo más extraño era que tenía que reconocer que el comportamiento de su amiga le había afectado profundamente. Le hubiera gustado que se tratara de puro enfado, pero se conocía demasiado bien como para decir eso: solo de pensar en lo ocurrido le hervía la sangre.

Se levantó y se asomó a la ventana, confiando que la brisa que llegaba del océano tuviera la virtud de relajar sus excitados nervios. Sin embargo, solo pudo disfrutarla un segundo antes de que alguien entrara sin llamar en el despacho.

¡¿Qué diablos significa esto?

Gabe sonrió sin volverse siquiera. Conocía muy bien aquella iracunda voz femenina.

–¡Hola, Charlotte! ¿Qué te trae por aquí?

Se dio la vuelta para enfrentarse a ella: los ojos le ardían como dos brasas. Llevaba una camiseta color azul claro y una vertiginosa minifalda. A Gabe le pareció que la temperatura de la habitación había subido varios grados; rápidamente asió la hoja de papel que Charlotte le mostraba, concentrándose en ella como si fuera lo más importante del mundo.

–Por lo que parece... esto es una foto tuya comiendo algo... ¿Una cereza, quizá?

–¡Eso ya lo sé! –le interrumpió la joven elevando el tono de su voz peligrosamente–. Lo que ahora quiero que me digas es quién la envió a mi departamento de informática.

–No tengo ni la menor idea –replicó Gabe con expresión de absoluta inocencia.

–¿De verdad? –se acercó a él con una mirada amenazante–, entonces, ¿cómo se las ha arreglado Ryan, nuestro común camarada de póker y colaborador mío en la empresa para colocarla en la página web de tu empresa?

Gabe se mordió la lengua para no soltar la carcajada. Desde que Ryan empezara a trabajar con Charlotte, la verdad era que le resultaba mucho más fácil maquinar bromas. Cuando lo llamó, la noche anterior, Ryan se mostró entusiasmado con su plan.

–No me lo puedo imaginar –dijo, manteniéndose lo más serio que fue capaz.

–¡Pues yo si puedo! –estalló Charlotte dándole un golpe en el pecho–. Todo el mundo sabe que tienes en tu página web una foto de la chica de la semana. ¿Cómo te has atrevido a poner la mía?

–Bueno, bueno, no te lo tomes así. No creo que lleve ahí más de una hora...

–¡Lleva toda la noche!

Gabe se puso repentinamente serio. ¿Toda la noche? ¿Qué había ocurrido?

–Hablé con Ryan anoche, es cierto –replicó rápidamente–. Me dijo que solía llegar a la oficina a las diez, y no son más que las once y media.

–Sí, claro: imagino que le pareció tan gracioso que no quiso esperar ni un segundo más –dijo Charlotte con amargura–. Y como todo el mundo sabe que cambiáis la foto en jueves, seguro que ya la han visto todos los adolescentes excitados que entran en tu página desde medianoche.

Aquello no era en absoluto lo que él había planeado.

–No ha puesto tu nombre, ¿verdad?

–No, y esa es la única razón por la que sigue vivo. Si Wanda no me hubiera avisado, quién sabe cuánta gente la habría visto a estas alturas. Por lo visto han colapsado el correo electrónico preguntando quien es la misteriosa chica de la cereza. ¿Puedes creerlo?

–¡Oh, no! –Gabe estaba aterrado por la magnitud del desastre–. Tienes que creerme, jamás pensé que ocurriera tal cosa. Yo lo único que quería...

En ese momento entró el asistente de Gabe.

–Perdón...

Gabe deseó que Charlotte hubiera cerrado la puerta detrás de ella antes de empezar a montarle esa escena.

–Sí, Jake, ¿qué quieres?

–¿Has terminando de revisar los informes que te he pasado esta mañana?

Gabe se sentó ante su mesa y se puso a buscar entre la pila de papeles, esperando que eso le diera un poco más de tiempo para preparar sus disculpas. El joven se acercó tímidamente a Charlotte.

–Hola, me llamo Jake. Te he visto en la página web.

–¿De verdad? –Charlotte lanzó a su amigo una mirada venenosa.

–Sí, y he pensando que a lo mejor te gustaría salir a cenar un día, o al cine...

–Oye, Jake –le interrumpió Gabe antes de que su

secretario se embalase–, ahora no encuentro esos informes y, como puedes ver, tampoco puedo atenderte. Hablaremos luego.

–Desde luego, perdona –se disculpó Jake.

Gabe le acompañó hasta la puerta, pero antes de que pudiera cerrar, se abalanzaron sobre él otros tres jóvenes con papeles en la mano.

–¿Está aquí? –preguntó uno de ellos.

–¿Qué queréis, chicos? –preguntó Gabe, cortante

Todos ellos se pusieron de puntillas, sin hacerle el menor caso.

–Quería pedirte que echaras un vistazo a estos papeles.

Gabe dio un rápido vistazo a uno de ellos.

–Maldita sea, Bill: es un informe que me mandaste hace un mes.

Bill sonrió cobardemente.

–No te lo tomes a mal, Gabe. Necesitaba una excusa para entrar. Esa mujer es una bomba.

¿Una bomba? ¿Aquellos cretinos se atrevían a llamar bomba a su Charlotte?

–Estoy reunido –dijo entre dientes–, y lo estaré durante la próxima media hora. Ya hablaré luego con vosotros –y sin añadir nada más, les dio con la puerta en las narices.

–Charlotte, lo siento mucho –se disculpó, sabiendo que sus palabras eran de muy poco consuelo–. Te lo juro, no sabía que esto iba a pasar. Solo era una broma. Ya sabes...

–Dime una cosa, Gabe –lo interrumpió Charlotte–, ¿cómo es que un hombre tan inteligente como tú sepa tan poco sobre las mujeres.

–¿Qué quieres decir?

–¡Oh, olvídalo! Acabo de recordar que tú no me consideras una auténtica mujer –dijo Charlotte. Su voz era dura y amarga–. Para ti solo soy la buena de Charlie, una más de la pandilla. Solo te acuerdas de mí cuando necesitas comida, un hombro en el que llorar, o alguien a quien tomar el pelo.

–Tú me tomas el pelo al menos tanto como yo a ti –se defendió Gabe.

–¿Qué pretendes? ¿Darme además una cucharada de mi propia medicina? Ni por un momento has pensado lo que todo esto significa para mí. Ya sé que no tengo mucha práctica pero, por una vez en mi vida, me gustaría hacer el esfuerzo y aprender a ser una auténtica chica. Fíjate lo que te digo: aunque fuera por una vez, me gustaría ser capaz de llorar. ¿Alguna vez has reparado en el daño que me haces con las cosas que me dices?

Aquello le llegó al corazón.

–¡Por Dios, Charlotte! Sabes que nunca he querido hacerte daño.

Ella se volvió al fin para mirarlo, con los ojos preñados de lágrimas.

–Entonces, ¿por qué me lo haces?

–Charlotte –enormemente arrepentido, Gabe se puso a su lado–. Ángel, lo siento mucho, muchísimo –conmovido, la abrazó con fuerza–. Te lo digo de verdad: no pensé que esta broma tan tonta fuera a hacerte tanto daño.

–Lo siento mucho, Gabe... Han sido tantas cosas: la cita, la página web. Creo que eso fue la gota que colmó el vaso –se separó un poco, con los ojos relucientes como ámbar oscuro por efecto de las lágrimas–. La verdad, creo que no tengo derecho a echarte nada en cara... pero tenía que decírtelo, entiéndelo. Es muy duro que tu mejor amigo te diga que no eres guapa, ni femenina, y que nunca conseguirás un marido...

–Oye, oye, para el carro –la interrumpió Gabe cariñosamente–: yo jamás he dicho semejante cosa.

Ella meneó la cabeza con una triste sonrisa.

–No con esas palabras, pero el sentido era el mismo. Te conozco desde hace muchos años, y sé perfectamente lo que piensas –se desasió de su abrazo y, componiendo el gesto, se acercó a la ventana, secándose los ojos con el dorso de la mano–.

¿Ves? Es imposible discutir contigo, siempre tienes razón. Mirándome, ¿qué hombre querría salir conmigo?

–¡Eres tonta! Charlotte, tú tienes mucho que ofrecer a cualquier hombre –replicó Gabe de inmediato, intentando restañar el mal que había hecho–: eres elegante, sexy y muy divertida. Lo que pasa es que no sabes verlo.

–Ni tú tampoco, si vamos a eso –apuntó Charlotte–. La verdad, pensé que serías el primero en darme la razón.

Aquellas palabras tuvieron la virtud de hundirlo aún más.

–Sabes que estoy de tu lado, Charlotte.

–Lo estabas hasta que empezamos con esta estúpida apuesta –dijo, volviéndose a mirarlo con sus hermosos y luminosos ojos–. ¿Sabes por qué sigo en esto? Porque si pierdo tu hermana y Dana me han prometido que me dejarán en paz, y no se meterán más en mi vida. Creo que esa es la solución más fácil... Por lo menos así me lo parecía hasta que decidiste declararme la guerra abierta.

–Charlotte, por favor, me siento fatal, como la peor rata del Universo –Gabe le limpió una lágrima que rodaba por su mejilla–. Creo que he sido muy egoísta... –hizo una pausa antes de admitir algo que jamás le confesaría a nadie, ni a su familia ni a sus amigos, ni siquiera a los colegas de la pandilla–. Lo que pasa es que tenía miedo, temía que te convirtieras en una de esas mujeres superficiales cuyo único objetivo es la caza del marido. Y, sobre todo, temía perder a la mejor amiga que nunca he tenido...

Ella le dedicó una sonrisa entre las lágrimas.

–Sé cómo te sientes. Fíjate, anoche te llamé para contarte lo que había pasado en la cena.

–Hagamos un trato –propuso Gabe tomándole de la mano–: pase lo que pase, seguiremos siendo los mejores amigos. Eso significa que podremos contarnos cualquier cosa que nos ocurra. Como los mosqueteros: todos para uno y uno para todos. ¿De acuerdo?

–Trato hecho –dijo, estrechándole la mano primero y abrazándolo después–. No podemos consentir que esto nos ocurra otra vez.

–Claro que no, no pienso correr otra vez el riesgo de perderte, ángel.

Aunque no hacía la menor falta que continuaran abrazados, mantuvieron aquel gesto un buen rato, disfrutando de aquel calor y del consuelo mutuo. Ella sentía su cuerpo fuerte y acogedor, mientras Gabe se deleitaba con la suavidad de su pelo, el dulce aroma de su piel. Miró hacia abajo y ella alzó la cabeza: Charlotte tenía las mejillas arreboladas, y le miraba con una ternura que él no le había conocido hasta entonces.

«Gabe», se dijo a sí mismo, «cualquier mujer que te mire con esa cara merece que la beses».

Estupenda idea. Por fin su conciencia se había decidido a echarle una mano. Se agachó un poco más, sin dejar de mirarla.

Justo cuando sus labios estaban a punto de tocarse, se detuvo en seco.

«Espera un momento. ¿Qué demonios estás haciendo?»

Se echó hacia atrás como si hubiera tocado una valla eléctrica. Se separó unos cuantos pasos, con el corazón latiéndole como una ametralladora. Ella lo miraba con una expresión indescifrable.

–Me... me alegro de que hayamos puesto las cosas en claro.

–Yo también –convino Charlotte rápidamente sin dejar de mirarlo

–Bueno... –Gabe carraspeó: se había salvado de milagro. ¿En qué diablos estaría pensando?–. Se me ocurre una idea para salir de este embrollo en el que nos hemos metido.

–Soy toda oídos.

–Es culpa mía el que te hayas metido en esta

apuesta, así que lo más lógico es que sea yo el que te ayude a salir de ella.

–Gabe –le interrumpió Charlotte escéptica–, me parece que ya me has ayudado bastante...

–No tenía la menor idea de lo que te pasaba por la cabeza –se defendió su amigo–. Creo que lo que tienes que conseguir es sentirte un poco más cómoda con los chicos.

–Venga, hombre –protestó Charlotte entre risas–. Llevo saliendo con la pandilla desde que me saqué el carné de conducir. ¿De verdad crees que mi problema es que no me siento cómoda con los hombres?

–Lo que pasa es que cuando te comportas como una mujer te acobardas –le explicó Gabe–. Esta noche haremos una prueba. ¿Has quedado con alguien?

–¿Estás de broma? –Charlotte no daba crédito a lo que su amigo le proponía–. No tengo ninguna cita, y, si quieres saberlo, me alegro. Sin embargo, como Dana está tan emperrada con este asunto, seguro que viene a buscarme para que salgamos. Espero que no se le ocurra traer a su marido... eso sí que me acobardaría.

–¿Podrás librarte de ella y encontrarte conmigo, digamos a eso de las siete, en Sharkey's?

–Creo que sí.

–Y vente arreglada.

–¿Cómo dices?

–Ya me has oído: confía en mí. Con un poco de suerte, acabaremos de una vez por todas con este asunto de la apuesta.

–Tienes suerte de que sea tu mejor amiga, porque ninguna mujer en su sano juicio querría tener nada que ver contigo –le espetó Charlotte–. De acuerdo –cedió al fin–. A las siete en Sharkey's.

Sin embargo, aquella idea que en principio le había parecido a Gabe genial, resultó serlo solo en teoría. Para empezar, las cosas habrían ido mucho mejor si los chicos no se hubieran tomado sus papeles tan en serio.

–¡Gabe, esto es una ridiculez! –se rio Charlotte.

–Pues a mí me parece que Gabe ha tenido una idea super –dijo Sean pasándole un brazo por los hombros–. Si lo que quieres es aprender a pescar a un tío, tendrás que documentarte primero.

–Nadie ha dicho nada de pescar a un tío –replicó Gabe asperamente–. Lo que propongo es que se acostumbre a salir con ellos estando arreglada.

Y desde luego, lo estaba; llevaba un vestido color lavanda del mismo estilo que el rosa con el que había ido a trabajar el día que empezó todo aquel lío. También llevaba sandalias de tacón. Gabe ni se atrevía a mirarle las piernas, y mucho menos el escote... ni siquiera la cara. De hecho, se limitaba a fijar la vista en un punto indefinido por encima de su cabeza.

Pero el resto de los muchachos no tenía el mismo problema.

–¿Qué tal, belleza? –dijo Mike dirigiéndole su más luminosa sonrisa–. ¿Vienes mucho por aquí?

–Mike, estuvimos todos aquí el pasado lunes, ¿es que no te acuerdas? ¿No estarás exagerando?

–Vale, vale –se defendió el joven–. Lo que pasa es que no estabas tan requeteguapa como hoy.

–Gabe, esto es una estupidez –dijo levantándose y andando unos pasos. Inmediatamente varios pares de ojos quedaron prendados del meneo de sus caderas, así que se detuvo y se volvió para enfrentarlos–. Estos no son hombres de verdad, son los chicos de la pandilla, los conozco de toda la vida.

–Danos una oportunidad –bromeó Sean.

–Sí, cielo, hazlo –rogó Ryan enarcando las cejas–. Estamos deseando darte todo nuestro amor, princesa.

–¿Princesa? ¿Cielo? ¡Dios mío! No había oído nada semejante desde que estaba en el instituto.

–Gabe –se quejó Sean–, no se lo está tomando en serio.

–¡Es que me resulta imposible! –rio Charlotte. Se había pintado los labios en un tono de lo más atrevido, y también se había aplicado máscara de pestañas y sombra de ojos; fuera lo que fuese lo que había hecho, lo cierto es que había dado en el clavo. Estaba preciosa–. Desde que he llegado no habéis hecho más que el payaso.

–Por favor, tenéis que fingir que estáis en una fiesta o algo parecido –les indicó Gabe, intentando que se centraran en lo que tenían entre manos. Le había prometido a Charlotte que la sacaría de aquel lío y pensaba conseguirlo, aunque eso significara hacerle creer que era la mujer más atractiva y femenina de la tierra–. Lo que digan los chicos no debe importarte, Charlotte, tú limítate a sonreír, a hacerte la interesante.

–¿Y cómo lo hago? –preguntó la joven perpleja.

–Trátalos como si fueran gusanos –Gabe se corrigió con una sonrisa: convertir a su amiga en una chica sexy no significaba inducirla a que fuera una estirada. Estaba a punto de enseñarle cómo atrapar una buena presa–. Pórtate como si fueras la mujer más hermosa del planeta, dales a entender que pierden el tiempo contigo, como si ni siquiera deberían permitirse pensar en ti.

–Oye, Gabe, eso no es justo –intervino Mike–. Así es exactamente cómo me han tratado todas las mujeres desde que empecé a salir. Yo creí que esto iba a ser más divertido.

Charlotte esbozó una sonrisa. Empezaba a entender el quid de la cuestión.

–¿Quieres decir que si les trato como si fueran basura, ellos me adorarán como a una diosa?

–Exacto, creo que ese el gran secreto –Gabe sonrió al ver la expresión de deleite de su rostro. Las cosas empezaban a ponerse interesantes.

Charlotte volvió se encaramó a un taburete en la

barra. Gabe estaba desprevenido y se quedó casi sin respiración al ver el sugestivo movimiento de sus caderas.

–Hola, preciosidad –dijo Mike volviendo a la carga.

Ella le lanzó una mirada cargada de intención, pero su voz era fría como el hielo.

–Esto no es para ti –dijo, señalando primero su cuerpo con un gesto y apuntándole después con el dedo.

Mike se retiró con una carcajada. Inmediatamente Ryan ocupó su puesto.

–Perdone, señorita, ¿podría prestarme 35 centavos? Mi madre me pidió que la llamara cuando me enamorara...

Charlotte rebuscó en su bolso y le dio tres monedas.

–Aquí tiene. Después de hablar con ella, intente llamar a alguien a quien le importe.

–¡Es muy buena! –dijo Sean acercándose a ocupar el puesto de Ryan–. Ahora voy yo: ¿Está usted cansada, señorita? Lo digo porque lleva rondándome por la cabeza toda la noche.

–De acuerdo, tú ganas. Bailaré contigo.

Sean le dio un cariñoso abrazo y la condujo a la pista.

–Siempre funciona –dijo a sus camaradas por encima del hombro.

Gabe se fijó en que la mayoría de los hombres presentes miraban a Charlotte como si se la quisieran comer con los ojos. Rogó a los cielos por no tener la misma expresión.

No quería sentirse atraído por ella, no quería que las cosas cambiaran. Habían sido amigos desde que tenían uso de razón, así que convocó en su memoria la imagen de una pecosa cría de ocho años. Cuando eso no le funcionó, evocó a la adolescente larguirucha, con vaqueros y camisetas dadas de sí.

A decir verdad, nunca se había permitido pensar

en Charlotte como en una mujer. Por primera vez, no le quedaba más remedio que enfrentarse a esa realidad. Su transformación era tan evidente como una bofetada en pleno rostro.

Charlotte se echó a reír por algo que Sean decía. Estaba preciosa; feliz, vibrante, increíblemente viva.

La deseaba.

«Puedes pensar lo que quieras», le dijo una vocecita en su interior, «pero ni se te ocurra pasar a la acción. Es tu amiga, acuérdate».

Odiaba tener que admitirlo, pero esa vocecita tenía toda la razón. Aquella era la piedra de toque en la que se basaba toda su filosofía: las mujeres van y vienen, pero los amigos son para siempre. Después de lo ocurrido aquel día, intuía mejor que nunca lo que le esperaba si perdía la amistad de Charlotte. Aunque siempre había pensado que sería dramático ella se casara y no pudieran pasar juntos casi todo el tiempo, mucho peor sería no volver a verla nunca más.

No podía engañarse a sí mismo: la mayor parte de las relaciones que había tenido habían durado muy poco tiempo, y las que habían resistido algo más habían terminado entre terribles peleas. Y jamás había vuelto a ver a ninguna de sus novias. No quería correr el mismo riesgo con Charlotte. Y si acababan pasando a mayores, sería eso precisamente lo que estaría haciendo.

Cada vez estaba más convencido de que tenía que evitar como fuera cualquier contacto físico con ella. Sería su amigo, nada más.

Cuando acabó el baile, Sean asió de la mano a Charlotte para llevarla hasta la barra, sonriendo como un bobo. Pero antes incluso de que hubieran salido de la pista, un hombre se plantó ante ellos.

Gabe se quedó mirándolos petrificado.

Charlotte se quedó boquiabierta al ver que el desconocido la estaba invitando a bailar. Nerviosa, miró a Sean en busca de ayuda, pero el joven se limitó a encogerse de hombros. Indecisa, se mordió el labio, hasta que por fin, encogiéndose a su vez de hombros, aceptó la invitación.

Sean llegó a la altura de Gabe, que había contemplado toda la escena sin poder dar crédito a sus ojos.

–¿Qué te parece? Casi ni habíamos acabado de bailar y viene ese tipo y se abalanza para llevarse a Charlotte delante de mis narices.

–¿Se puede saber en qué estabas pensando? –le gritó–. ¡La has dejado a merced de un completo desconocido!

–¿Y? –preguntó Sean confundido–. Creo que se las está arreglando muy bien. Al fin y al cabo, ¿no era este nuestro objetivo?

Gabe se dio cuenta de que el hombre hacía todo lo posible por arrimarse a Charlotte, con el pretexto de decirle algo al oído. Sin pensárselo dos veces, se levantó para acercarse a la pista y partirle la cabeza a aquel sinvergüenza.

–Oye, oye, para el carro –le detuvo Sean–. No te abalances, se las está arreglando la mar de bien...

Fijándose un poco más, vio que Charlotte mantenía a su pareja a raya sacudiendo la cabeza con firmeza. Tenía la misma expresión con la que había rechazado a Mike minutos antes: «Esto no es para ti», le estaba diciendo al hombre de forma inequívoca.

Gabe se relajó un poco.

–¿Sabes? –dijo Sean de repente–, creo que cuando no se quiere vender algo, no debería ponerse en el escaparate.

–¿Y qué demonios se supone que quieres decir con eso –preguntó Gabe, demasiado absorto en lo que estaba ocurriendo en la pista de baile como para entender la críptica frase de su amigo.

–Quiero decir que está preciosa, tío. Déjala en paz.

–La estoy dejando en paz –gruñó Gabe.

–Sí, ya.

Charlotte se reunió con ellos cuando acabó el

baile. El desconocido la seguía con expresión de cordero degollado.

–Gracias por el baile –le dijo la joven amablemente.

–¿Me darías tu número de teléfono? –preguntó el hombre haciendo acopio de valor.

–No –replicó Charlotte tras pensarlo un instante.

–¿Por qué no?

–Ya la has oído, tío –dijo Gabe plantándosele delante, al tiempo que pasaba un brazo por los hombros de Charlotte–. Esfúmate.

–Vale, tío, vale –murmuró el hombre temeroso. Después lanzó una última y esperanzada mirada a Charlotte–. Vi tu foto en la página web. Estoy deseando contarle a mis compañeros que bailé con la chica de la semana.

Charlotte miró cómo se alejaba con los ojos como platos.

–Tendrás que reconocer que era una gran foto –bromeó Ryan.

–Sí, lo admito –replicó ella cortante–. ¿Por eso la dejaste en la red doce horas?

Ryan no parecía en absoluto arrepentido de su hazaña.

–Me pareció una buena idea: además, los chicos empezaban a estar hartos de ver a las mismas modelos semana tras semana. Ha sido un cambio refrescante.

–Sí, estoy segura –convino Charlotte lanzándole una mirada glacial.

–Bueno, no es que se quejaran exactamente... Una tía buena es siempre una tía buena –filosofó Ryan mientras mascaba un puñado de cacahuetes–. Lo que pasa es que las últimas que habíamos metido en la página eran del tipo «ponme la crema bronceadora, cariño»... me refiero a que eran de las que solo existen en las islas tropicales de los anuncios. No creo que sea fácil encontrarse con una de ellas en el supermercado, por ejemplo.

–Entonces, si te he entendido bien –dijo Charlotte picada–, yo debo ser del tipo «pásame las patatas fritas, cariño».

–Lo que quiero decir es que tú eres una mujer real... eres preciosa, pero no inalcanzable. Y esa cosa que hiciste –evocó Ryan sonriendo lujuriosamente–, ese nudo con la cereza... Te diré que he guardado una copia de la foto para mi disfrute personal.

–¡Dios...! –exclamó Charlotte tapándose la cara con las manos.

–Oye, ¿puedes sacar unas copias para mí? –intervino Sean–. Un par de tipos me las han pedido en la tienda de surf. Cuando quisieron verte ya habían quitado la foto.

–No, no puedes –contestaron al unísono Charlotte y Gabe.

–Vale, vale, no os pongáis así –les aplacó Sean.

Charlotte echó un vistazo a su reloj.

–Tengo que irme, chicos. Gracias por la... lección

Inmediatamente se alzó un coro de protestas.

–¡Pero si es prontísimo! –dijo Sean–. ¿Qué pasa? ¿Tienes alguna cita tempranera o qué?

–La verdad es que tengo dos –contestó Charlotte. Gabe la miró sorprendido–. Para empezar, he quedado con Dana para hacer ejercicio; después iremos al salón de belleza. Conociendo a Dana, saldremos al amanecer –se lamentó.

–¿Y la otra?

–No vais a creerlo –les explicó Charlotte–. Voy a ir a la fiesta del Century Plaza. Tendré que ponerme un vestido de gala y todo. La verdad es que si no le hubiera visto tan apurado no habría aceptado... Ya sabéis lo poco que me gustan ese tipo de cosas. Espero salir airosa sin ponerme en evidencia... sobre todo después de este desagradable asunto de la página web –añadió mirando a Ryan con cara de pocos amigos.

Ryan se las arregló para fingir que estaba avergonzado, y Gabe sintió una punzada de auténticos remordimientos al acordarse de la escena en su oficina.

–Bueno, me alegro de que todos hayamos aprendido algo hoy –sentenció Charlotte con una radiante sonrisa–. Hasta pronto, chicos.

–Te acompañaré hasta el coche –dijo Gabe.

–No está lejos...

–No protestes.

–No se te ocurra pedirle su número –le advirtió Mike con una sonrisa–. Es una chica muy dura, te lo aseguro.

La pandilla en pleno les despidió con un coro de aullidos y silbidos. Charlotte puso una sonrisa de circunstancias, mientras que Gabe ni se molestó en mirarlos.

–Gracias por tu ayuda, Gabe –dijo la joven mientras abría la puerta de Gominola–. Sé que no es fácil para ti.

–¿Y por qué no habría de serlo?

–Bueno, al fin y al cabo me estás ayudando a ganarte la apuesta. Debería pagarte esos mil dólares, aunque solo fuera por las molestias que te estás tomando...

–No seas mema –gruñó Gabe–. Ya verás cómo al final lo conseguimos.

Ella asintió, estremeciéndose al sentir la fresca brisa de la noche.

–Anda, toma –Gabe le puso su chaqueta sobre los hombros–. Vas a resfriarte como no te andes con cuidado.

–Soy una chica con suerte: tengo el mejor amigo del mundo –dijo, dándole un cariñoso abrazo.

Gabe se concentró para no abrazarla, pero parecía que sus brazos tenían voluntad propia.

–Buenas noches –le deseó Charlotte alegremente metiéndose por fin en el coche.

–Buenas noches –respondió Gabe. Se quedó plantado hasta que la vio enfilar la carretera principal. Después, volvió al bar temblando de frío.

–¿Dónde has dejado la chaqueta? –le preguntó Sean.

–Se la he dejado a Charlotte. Estaba temblando.

–No me extraña –bromeó Mike–. No es que llevara mucha ropa encima precisamente... Estaba fabulosa.

–¿Y qué pasará ahora? –preguntó Ryan intrigado–. ¿Se convertirá en una devorahombres?

–No creo que llegue tan lejos, pero creo que la hemos ayudado bastante. Desde luego, parecía habérselas arreglado muy bien con el tipo con el que había bailado –comentó Gabe–. Sin embargo, la veo un poco insegura, no sé qué tal le irá en la fiesta de mañana. Ojalá hubiera una forma en que pudiéramos ayudarla. Ese embrollo de la página web le ha puesto muy nerviosa –Gabe se dejaría torturar si eso evitaba que Charlotte volviera a sentir un dolor como el de aquella tarde.

–Un momento, chicos... –dijo Ryan de repente–. Puede que tenga la solución. Ella dijo que era en el Century Plaza, ¿no?

–Sí, eso es.

–Entonces –continuó Ryan cada vez más entusiasmado–, supongo que será la fiesta de Sheffield.

–¿Y?

–Pues que conozco al dueño de la imprenta donde se han hecho las invitaciones –declaró por fin Ryan.

A Gabe le costó solo un segundo entender a dónde quería llegar su amigo. Una sonrisa maliciosa se dibujó en su rostro.

–Buscad los esmóquines, chicos –declaró, sintiéndose completamente feliz por primera vez en toda la noche–. Mañana vamos de fiesta.

Capítulo Seis

–No lo sabía, Charlotte, te juro por Dios que no tenía ni idea.

Charlotte no levantó la vista de su copa de champán.

–Y te creo, Jack, ya te lo he dicho. Déjalo estar, anda.

Él se la quedó mirando un largo instante, maravillado por su presencia de ánimo.

–No me puedo creer que te lo estés tomando tan bien. Entendería que quisieras tirarme esa copa a la cara.

Charlotte hizo una mueca.

–Ahora que se ha aclarado todo, la verdad es que no es tan malo como parecía al principio, Jack.

–Debe haber unas quinientas personas en esa fiesta –dijo Jack–, y todos se te han quedado mirando, no me digas que eso no es tan malo...

–Te lo repito una vez más: no es culpa tuya que yo haya decidido ponerme un vestido rojo. Y no es culpa tuya que no recordaras que el Baile Sheffield también se conoce como el Baile en Blanco y Negro de los Ángeles porque...

–Porque todo el mundo viste de blanco o de negro –dijo Jack meneando la cabeza con tristeza–. ¿Por qué nadie me lo dijo antes?

–Supongo que lo ponía en esa invitación que no leíste –sugirió Charlotte–. Después de todo, puede que tengas algo de culpa... desde luego, eres el único responsable de que ahora esté sentada bajo un foco en la mesa principal, pero aparte de eso...

Con un gemido Jack enterró la cabeza entre las manos.

–Eso, venga –rio Charlotte–, siéntete culpable. Te lo mereces.

–Te debo una Charlotte, de verdad.

–Jack, te aseguro que después de lo que he tenido que pasar esta semana, lo que ha ocurrido no me preocupa nada.

Recordó el terrible momento en el que al entrar en la sala una multitud ataviada en blanco y negro, quinientos pares de ojos para ser exactos, se la quedó mirando como si fuera una marciana. Le pareció estar viviendo aquella pesadilla que solía asaltarla en sus años de universidad, cuando se veía a sí misma en un desfile de modas ataviada con su ropa más vieja. Su primer impulso fue dar media vuelta y salir corriendo, arrancarle las llaves del coche al aparcacoches y salir disparada hasta su casa. Pero no lo hizo. En vez de eso mantuvo la cabeza muy alta y la sonrisa radiante. Aunque sospechaba que tenía la cara más roja que el vestido, por nada del mundo haría ver lo humillante que le resultaba aquella experiencia.

A decir verdad, le encantaba aquel vestido, y aquella era la primera vez en su vida que podía decir semejante cosa. No podía haber encontrado nada más distinto a los diseños color pastel con los que Derek, su ex novio, solía martirizarla, ni más diferente tampoco a los sutiles vestiditos de muñeca que Dana había elegido para ella. Aquel sencillo diseño de un vivo color burdeos la había cautivado por completo. Cuando lo encontró en la tienda, se lanzó al probador, haciendo caso omiso de las protestas de su amiga y del montón de vestidos color rosa o melocotón que había insistido en que se probara. Cuando salió con él puesto tuvo la satisfacción de ver cómo Dana y la dependienta se quedaban literalmente con la boca abierta. No solo la favorecía y le quedaba como un guante, sino que con él se sentía como una auténtica reina.

–¡Menudo vestido! –comentó una mujer al pasar delante de su mesa.

–Gracias, ¿no es precioso? –dijo Charlotte tranquilamente–. El rojo contrasta de maravilla sobre este fondo blanco y negro. ¿No le parece?

–Estaba a punto de decírselo –intervino el hombre que iba con la señora, mirando a Charlotte de arriba abajo. La mujer dio un respingo antes de alejarse de la mesa, siseando indignada entre dientes a su atribulado acompañante.

Charlotte se volvió hacia Jack, que reía a mandíbula batiente.

–¿Qué te pasa?

–Ahora mismo vas a decirme quién eres y qué has hecho con mi amiga Charlotte Taylor –bromeó.

–Sí, me siento como en la película *La invasión de los cuerpos*, aunque en versión cómica.

–Me tienes asombrado, Charlotte –confesó Jack meneando la cabeza–. No te pareces en absoluto a la chica con la que cené hace dos días.

Ella reflexionó un instante.

–¿Y te parece mal?

–No, nada de eso –dijo el joven rápidamente–. Solo que parece que alguien ha apretado un interruptor dentro de ti.

–¿Y se supone que eso es bueno? –replicó Charlotte enarcando una ceja.

Jack sonrió y le acarició con la punta del dedo la línea de la mandíbula.

–Sí, lo es cuando hacía falta que salieras por fin a la luz, preciosa.

Ella sonrió otra vez. Si continuaban por ese camino, acabaría con agujetas en la mandíbula.

–Tengo que dar una vueltecita por la sala para charlar con los patrocinadores –dijo Jack–. ¿Quieres venir conmigo?

–No –replicó Charlotte–. He hablado ya con más desconocidos esta noche que en toda mi vida. Me quedaré mirando desde un rinconcito, para variar.

–Muy bien, princesa –dijo Jack–. En media hora te llevaré a casa.

–Estupendo.

Jack le acarició la mejilla y se levantó, siendo abducido de inmediato por un nutrido grupo de hombres de negocios.

Charlotte, por su parte, se dirigió a una de las sillas que había a los lados de la sala, deseando beber un vaso de agua fresca. Jack le parecía un tipo realmente majo. Tras haber pasado tantos años sin quedar con nadie, era una auténtica suerte que en su primera cita se hubiera topado con alguien como él. La única persona que conocía que fuera más atenta y amable era...

Gabe, por supuesto. Aunque como Gabe era su amigo, en realidad no contaba.

Una chica rubia se cruzó con ella y se la quedó mirando.

–Bonito vestido –dijo con expresión sincera. Parecía mucho más amable que las mujeres con las que había hablado a lo largo de la velada.

–Gracias –replicó con una sonrisa–. No tenía ni idea de que había que vestir en blanco o en negro.

–¿De verdad? –la mujer le devolvió una cálida sonrisa. Charlotte se dio cuenta de que la había visto en alguna película–. Te he estado mirando desde mi mesa, muerta de envidia, y deseando matar a mi agente por no habérsele ocurrido que viniera vestida de rojo. Todo el mundo ha estado hablando de ti, así que debes ser actriz.

–No, qué va –le explicó Charlotte disgustada–. Soy diseñadora.

–Eso lo explica todo –dijo la mujer–. Lo llevas escrito en la cara. ¿Cuándo presentaste la colección de otoño?

A Charlotte le costó un tanto entender lo que le estaba preguntando.

–¡No, te equivocas! –exclamó meneando la cabeza–. No soy diseñadora de modas, sino diseñadora gráfica. Hace mil años que no me dedico a la moda.

–Pues deberías planteártelo. Ese vestido te sienta

de maravilla... es increíble. Es como un modelo de Versace adaptado a Grace Kelly.

Charlotte se quedó mirando su atuendo sin saber qué decir.

–La verdad es que cuando lo compré me imaginé más bien a Audrey Hepburn con un diseño de Vera Wang –comentó divertida.

–¡Claro! –la mujer rebuscó en su bolso y le tendió una tarjeta–. ¡Eso es! Si cambias de opinión, me encantaría lucir alguno de tus diseños en la ceremonia de los Oscar del año que viene. Me gusta lucir cosas realmente originales y de buen gusto, y contigo tengo buenas vibraciones.

¿Estilista? ¿Ella?

–Er..., por supuesto... claro. Pensaré en ello.

La mujer le dedicó una radiante sonrisa antes de perderse entre la multitud.

«Estupendo», pensó, «ahora debe venir la parte donde me caigo de la cama y me despierto».

Sin embargo, Charlotte no estaba soñando. Estaba plantada, en medio de una exclusiva fiesta, y en la mano tenía la tarjeta con la dirección personal de una de las más famosas actrices de Hollywood.

Le daban ganas de cantar. Se sentía como la reina del mundo. Poderosa, invencible: una mezcla entre Marilyn Monroe y Superratón. Ojalá pudieran verla los chicos de la pandilla.

De repente, las conversaciones se acallaron. Intrigada, se volvió a mirar hacia la puerta.

Hablando del rey de Roma.

La pandilla en pleno acababa de hacer su entrada en el salón: Gabe, Ryan, Mike y Sean, allí plantados como modelos de revista, aparentemente indiferentes al revuelo que habían provocado.

Ya era suficientemente insólito ver a sus camarillas de póker en pleno presentándose en el Baile en Blanco y Negro, pero, una sola mirada a su atuendo le sirvió para darse cuenta, además, de que algo faltaba.

Los pantalones.

Los cuatro llevaban impecables camisas blancas y chaquetas de esmoquin con pajarita, pero, por debajo, se habían puesto pantalones cortos de surfista de brillantes colores, y calzaban zapatillas de baloncesto de lona. Tanto los shorts como las zapatillas lucían el tiburón con gafas de sol que formaba parte del logotipo que Charlotte había diseñado para la compañía de ropa deportiva de Gabe.

Como un solo hombre, sus cuatro amigos se quitaron las gafas de sol y las guardaron en el bolsillo de la chaqueta. Bajaron la escalera contoneándose como modelos de pasarela, indiferentes a los flashes, las exclamaciones de asombro y los aplausos que provocó su aparición.

Charlotte se dirigió hacia ellos. Le encantaba aquella idea de sus amigos. Mejor dicho, le encantaban ellos, y punto.

–¡Gabe! –exclamó, dándole un fuerte abrazo.

–¡Hola, ángel! –replicó su amigo con una gran sonrisa, repartiendo abrazos a diestro y siniestro–. Estaba a punto de mandar a los chicos en tu busca.

–Creo que si os hubierais quedado en lo alto de la escalera, tarde o temprano habría acabado por percatarme de vuestra presencia –bromeó–. Sois increíbles, chicos –declaró, muerta de risa.

–¿Qué opinas? –le preguntó Ryan poniendo cara de modelo de *Vogue*–. Creo que estoy super sexy con estos pantalones, ¿no?

–Me parece que los cuatro sois demasiado sexys para esta fiesta –convino Charlotte–. ¿Se puede saber qué estáis haciendo aquí?

Sus amigos se volvieron a mirar a Gabe.

–Bueno... cuando te fuiste, tuvimos una pequeña reunión, y decidimos que a lo mejor ibas a necesitar un poco de apoyo moral.

–¿De verdad? –Charlotte los miró con ojos desorbitados.

–Es que estábamos un poco... preocupados –Gabe

empezó a ponerse colorado, lo que provocó unas cuantas sonrisitas a su alrededor. Charlotte nunca hubiera imaginado que un día vería a Gabe Donofrio avergonzado–. Temíamos que te sintieras incómoda, y como sabemos lo terrible que podía ser eso para ti, pues se nos ocurrió... bueno... ya lo ves...

–Chicos, chicos, así que habéis venido para ayudarme, ¿no? –dijo Charlotte acabando la frase con él.

Los cuatro asintieron tímidamente.

–¿Qué tal lo estamos haciendo? –preguntó Ryan.

Charlotte no pudo aguantar más y estalló en carcajadas. Aquella era una de las situaciones más tiernas y tontas que había vivido.

–Creedme –empezó cuando por fin logró calmarse–, os estoy inmensamente agradecida. Sois maravillosos: estáis locos, pero sois estupendos.

–Y tú, princesa, estás preciosa –dijo Mike besándole caballerosamente en la mano. Por el rabillo del ojo, Charlotte se dio cuenta de que Gabe ponía cara de pocos amigos–. Entonces, ¿puedo esperar que me concedas un baile, o también hoy me vas a dar calabazas?

–¿Bailar? –Charlotte se volvió hacia la pista de baile donde algunas parejas evolucionaban con elegancia al compás de una clásica melodía–. No sé que decirte... no es precisamente mi estilo...

–Nosotros lo arreglaremos –dijo Gabe–. ¿Ryan?

–Estoy listo –contestó el interpelado.

Charlotte vio cómo su amigo se acercaba al director de la orquesta, le decía algo al oído y después estrechaba su mano con calor. Se preguntó cuánto dinero le estaría dando.

La canción que estaba sonando se interrumpió abruptamente y, tras unos segundos de silencio, la sección de trompetas inició una animadísima versión de *Louie, Louie*.

Los elegantes invitados se miraron perplejos, sin saber qué hacer. Sin embargo, los chicos de la pandilla estaban en su elemento. Charlotte no sabía si salir corriendo o quedarse allí riendo a carcajadas.

–¡Cobarde! –la retó Gabe para que se uniera a ellos.

¿Cobarde ella? Aquella noche se atrevería incluso a andar sobre el fuego.

–¡Ja! –exclamó–. Sígueme si puedes –y sin más preámbulos se lanzó a la pista de baile.

Para su sorpresa, el resto de invitados no les miraba con condescendencia o desdén. Muy al contrario, parecían estar disfrutando enormemente con aquel espectáculo que por fin animaba un baile famoso por lo aburrido que resultaba. Charlotte vio que varias parejas jóvenes se animaban a salir a la pista. No cabía duda de que la pandilla se había convertido en la sensación de la fiesta.

Cuando la orquesta en pleno acometió el fin de la canción, la sala entera estalló en un cerrado aplauso. Todo el mundo parecía encantado. Asiéndola por la cintura, Gabe la obligó a salir al centro de la pista a saludar.

–¡No puedo creerlo! –dijo con la respiración entrecortada por el esfuerzo del baile. Al menos, se obligó a pensar que estaba tan alterada por eso.

Justo entonces irrumpió en la pista con cara de muy pocos amigos Edna Sheffield, la anfitriona.

–¿Se puede saber quiénes son ustedes?

Gabe y Charlotte se separaron de golpe.

–Señora Sheffield...

Ryan, Mike y Sean hicieron de inmediato frente común con ellos.

–Somos los chicos de la playa –dijo, como si eso lo explicara todo.

–¿El grupo de música? –la elegante señora estaba al borde de la apoplejía.

–No, no –le corrigió Ryan, temiendo que se desmayara allí mismo–. Somos un equipo de surf de Manhattan Beach.

–¿Un equipo de surf? –la señora Sheffield no salía de su asombro–. ¡No puedo creerlo! Les doy exactamente un minuto para...

–¡Gabe! ¡Sois geniales, chicos! ¡Qué gran idea! –exclamó Jack con su bien timbrada voz mientras se acercaba a ellos. Charlotte tuvo que contener la risa al ver la cara de asombro que puso Edna Sheffield cuando el rico y glamuroso Jack Landor, el invitado estrella de la fiesta, estrechó con calor la mano de Gabe. ¡Había estado a punto de echar de la fiesta al que parecía ser su mejor amigo!

–Hola, Jack –dijo Gabe–. Se me ocurrió que podíamos animar un poco la fiesta.

–Buena idea –le alabó Jack poniéndole a Charlotte un brazo sobre los hombros–. Nena, has estado increíble. No sabía que bailabas tan bien.

–Es otro de mis trucos –murmuró entre dientes. Sus amigos rieron complacidos, mientras la señora Sheffield los miraba a todos sin salir de su asombro.

–Espero que no te haya molestado que sacara a bailar a tu chica –dijo Gabe muy formalito.

–No me importa con quién baile o deje de bailar mientras sea yo el encargado de llevarla a casa –replicó Jack alegremente–. Por cierto, ya va siendo hora de que nos vayamos, ¿no te parece? Ha sido una gran fiesta, Edna, la mejor en mucho tiempo, te lo aseguro, y todo gracias a estos chicos.

–Gra... gracias, Jack –musitó la atribulada dama.

–Cuida de mis amigos por mí, Edna. Yo le prometí a esta encantadora señorita que la llevaría temprano a casa –continuó mirando a Charlotte–. ¿Estás lista?

La joven se volvió hacia sus camaradas; todos la sonreían de oreja a oreja excepto Gabe, que mantenía una expresión fría y distante, casi como si se aburriera.

¿Y qué esperaba? ¿Que le rogara y suplicara que se quedara con ellos?

Se volvió después hacia Jack: el soltero más deseado de América estaba esperando para llevarla a su casa. Y precisamente aquella noche se sentía capaz de cualquier cosa.

–Sí, vámonos –dijo, asiéndole por el brazo–. Mañana nos vemos, chicos.

Sus amigos silbaron como posesos, convirtiendo en un auténtico espectáculo su salida, iluminado además con las luces de mil flashes y coreado con los aplausos de los invitados.

A Charlotte le costó un gran esfuerzo no volverse a mirar a sus amigos. Media hora más tarde, cuando llegaron por fin a su casa, aún estaba bajo los efectos de aquel subidón de adrenalina.

–No sé cómo agradecértelo, Jack –empezó conmovida.

–¿Agradecerme el qué? Fuiste tú la que me hiciste un favor, ¿ya no te acuerdas? Además, he de reconocer que hacía siglos que no me lo pasaba tan bien como hoy.

–Tú no lo entiendes –dijo Charlotte meneando la cabeza. Por primera vez en su vida se había sentido... hermosa. No le había importado lo que los demás pensaran de ella. Se había sentido como una auténtica mujer de los pies a la cabeza. ¿Cómo podía entender un hombre que una mujer nunca olvida la primera vez que se siente como tal?

–Lo único que sé es que estabas preciosa. Has sido la sensación del baile –Jack la miró durante un largo instante–. Aquí estamos otra vez, y esta no es nuestra primera cita... –apuntó seductor.

La euforia dio paso a una punzada de pánico. ¿Qué hacer? De repente, recordó que había sido la reina de la noche, hermosa y segura de sí misma, atrevida y capaz de cualquier cosa. ¿Por qué no probar de una vez por todas si Jack era el Hombre Perfecto? Respiró hondo y cerró los ojos: al instante siguiente, Jack se agachó para besarla.

Esperó un momento.

Y no sintió absolutamente nada.

Cuando el se separó, abrió los ojos.

–Así que ya está, ¿no? –preguntó muy seria.

–Si preguntas eso, quiere decir que no lo he hecho muy bien –replicó Jack sonriendo, y agachándose volvió a besarla. En aquella ocasión el beso fue más insistente, pero, aún así, siguió pareciéndole a Charlotte más una muestra de afecto que de pasión.

No era justo: allí estaba ella, siendo besada por un hombre atractivo, encantador y, aparentemente, más que interesado por ella. ¡Y no lograba sentir lo más mínimo por él!

Jack se separó por fin y escrutó su rostro.

–¿Qué tal ahora? ¿Mejor?

–Creo que estoy demasiado agotada para sentir nada –se disculpó Charlotte torpemente–. Ha sido una noche muy larga.

–Sí, han pasado muchas cosas –convino él con una adorable sonrisa–. Está bien, preciosa. Me marcho: te llamaré esta semana a ver si te apetece hacer algo.

–Muy bien –contestó. Pero, ¿le apetecía realmente verlo? Aunque se había divertido a su lado, empezaban a hacérsele pesadas aquellas citas. Le despidió con la mano desde la puerta de su casa.

No acababa de comprender qué le estaba pasando, y eso empeoraba el problema. Aunque no tenía mucha experiencia con los hombres en lo que a la parte física se refería, estaba casi segura de que lo que acababa de ocurrir no auguraba nada bueno en ese terreno ¡Santo cielo! ¡Si hasta la batería de un coche generaba más chispa que la que se había producido entre ellos!

Estaba a punto de cerrar la puerta tras ella cuando oyó unos pasos sobre la gravilla del sendero. Tímidamente asomó la cabeza, rezando para que no fuera Jack.

Pero fue Gabe el que le dedicó la mejor de sus sonrisas al otro lado de la puerta.

–¡Menos mal! ¡Qué bien que no te hayas acostado!

–¿Qué haces aquí? –le preguntó asombrada.

–Esto... –hizo una pausa frunciendo el entrecejo–.

¿Te creerías que he venido a buscar la chaqueta que me dejé ayer?

–Si eso es lo único que se te ocurre... –respondió Charlotte sarcástica.

–Entonces he venido por eso.

–Anda, pasa –le invitó, abriéndole la puerta–. Puede que me venga bien hablar contigo.

Gabe entró en la casa y se dejó caer en un sillón, desde donde se la quedó mirando de arriba abajo.

–Bonito vestido, pero algo escaso –comentó con una sonrisa.

Aquel comentario tuvo la virtud de acelerarle el pulso.

–Muchas gracias. La verdad es que me gusta mucho.

–Les has dejado de piedra, nena.

–Y eso es algo que os tengo que agradecer a ti y a los chicos –se echó a reír al recordar la cara de asombro de Edna Sheffield–. ¿Qué habéis hecho por fin? ¿Habéis disfrutado del fin de fiesta o ha conseguido la señora Sheffield echaros a patadas?

–Yo me fui enseguida; los chicos se quedaron –le explicó Gabe–. Antes de eso, Edna intentó contratarnos para la Gala de Navidad –se quitó la pajarita con un suspiro de alivio y se desabrochó el botón de la camisa–. ¡Dios, cómo odio las corbatas!

–Pues eso no es nada –comentó Charlotte incómoda. Se sentía llena de energía y el vestido le molestaba enormemente–. Esto es como si llevara la más incómoda corbata desde el cuello hasta las rodillas. Por no mencionar lo que me aprieta la ropa interior... me parece que se me ha incrustado. Creo que voy a tener que llamar a un equipo de especialistas para que me la saquen.

–Me encanta esa idea.

–Anda, por favor, bájame la cremallera –le suplicó poniéndose de espaldas delante de él.

Por un momento le pareció que se había quedado dormido, de tanto como tardaba en hacerlo.

–¿Cómo se baja este chisme? –preguntó por fin con voz entrecortada.

–No lo sé. Dana me ayudó. Esa chica podría tener un máster en ese tipo de habilidades... –Charlotte se interrumpió bruscamente al darse cuenta de que Gabe le había bajado del todo la cremallera. El corazón empezó a latirle al triple de la velocidad normal.

–¿Mejor? –preguntó Gabe.

Charlotte tragó saliva y asintió con un gesto.

–¿Necesitas más ayuda?

Ella miró por encima del hombro y sorprendió la mirada de él fija en el tirante de su sujetador.

–No... no... –se mordió el labio, confusa y turbada–. Ya puedo arreglármelas...

Se precipitó hacia su dormitorio antes de que Gabe se diera cuenta de lo que le estaba pasando. Él no sabía que la espalda y el cuello eran dos de las más sensibles partes de su cuerpo, dos auténticas zonas erógenas. Siempre la había sorprendido, casi molestado, el torbellino de sensaciones que despertaba cualquier roce casual en las mismas. Sin embargo, estaba segura de que Gabe no la había tocado a propósito.

Pero, ¿en qué diablos estaba pensando? No iba a dejarse a arrastrar por un sentimiento estúpido e infantil. Rápidamente se quitó la ropa que llevaba y la arrojó al cesto de la ropa sucia. Se puso una amplia camiseta y unos cómodos pantalones cortos, aspiró profundamente varias veces y, algo más calmada, volvió al salón.

–¿De qué quieres que hablemos? –le preguntó Gabe. Se había servido un vaso de agua y parecía bastante más relajado.

–Estoy hecha un lío, Gabe –confesó la joven dejándose caer a su lado.

–¿Y eso por qué, ángel?

Ella se recostó en el respaldo, y se quedó mirando el techo.

–Todo era mucho más sencillo antes de que empezáramos con este follón de la apuesta. Realmente creía que era feliz con la vida que tenía.

–Lo sé –dijo Gabe muy serio–. Espero que la próxima vez que se me ocurra una idea tan tonta me des un buen golpe en la cabeza.

–Bueno, no todo ha sido tan horrible –dijo más tranquila. Gabe estiró el brazo en el respaldo y ella apoyó la cabeza en su bíceps–. Quiero decir que por primera vez en mi vida me he sentido de verdad hermosa. Y no sabes lo que eso significa para mí, Gabe. Todavía me queda mucho camino por recorrer, pero estoy deseando hacerlo.

–Tenías un aspecto magnífico, Charlotte –la animó su amigo con total sinceridad.

–Pero después Jack me besó y eso lo ha estropeado todo –continuó Charlotte con un triste suspiro–. Ojalá pudiera volver a los buenos tiempos, cuando me hacía feliz ver los partidos con los chicos, y me conformaba con las camisetas y los vaqueros sin que me preocupara lo más mínimo si conocía o no al Señor Adecuado, porque estaba convencida de que nunca iba a conseguirlo... –Gabe la escuchaba sin decir nada. Y ahora es demasiado tarde –musitó pensativa–. Es como si hubiera abierto la caja de Pandora. Ya no quiero vivir como antes, pero tampoco sé qué hacer ahora. Esta noche me he sentido hermosa, pero no quiero que nadie me diga cómo tengo que ser. Recuerdo el dolor que sentí cuando Derek intentó convertirme en alguien que no era. ¿Cómo puedo saber que Dana y Bella están haciendo lo mejor para mí? –se limpió las lágrimas con un gesto–. Estoy muy cansada, y no entiendo absolutamente nada.

Gabe permanecía en silencio.

–¿Te has dormido? –le preguntó Charlotte al fin

Él estaba muy quieto, pero sus ojos relucían como dos brasas.

–¿Besaste a Jack?

–Sí, y la verdad es que fue una experiencia de lo

más decepcionante –respondió Charlotte poniendo los ojos en blanco–. Digamos que fue una especie de experimento de química...

Gabe reflexionó un momento y luego asintió con la cabeza, como si hubiera llegado a una decisión.

–¿Vas a quedar con él mañana?

–No –contestó, algo sorprendida por aquella pregunta–. ¿Por qué?

–Se me ocurrió que podríamos quedar mañana, pero no quería estropear tus planes.

Ella le dio un cariñoso puñetazo en el hombro.

–Tú eres mi mejor amigo, idiota, y ya sabes cuál es el lema de la pandilla: los amigos, lo primero.

–Entonces, ¿mañana no es día de cita?

–Según las expertas que me asesoran, tengo que reservar del jueves al sábado para las citas –respondió Charlotte con una mueca.

–Estupendo –comentó Gabe complacido–. Entonces, señorita Charlotte Taylor, me concede el honor de salir conmigo mañana en una cita de viejos amigos.

–No es una cita de verdad, ¿no? –dijo Charlotte soltando la carcajada–. Iremos a una cervecería y tienes que prometerme que me tratarás como antes.

Gabe se echó a reír con ganas.

–Eso es justo lo que he estado echando de menos desde que empezamos con esta estupidez de la apuesta.

–Sí, lo sé –a ella le pasaba exactamente lo mismo. Empezó a darse un masaje en las sienes, intentando recordar cómo era su vida antes de que decidiera sumergirse en aquella vorágine de citas. Recordó con nostalgia aquella vida tan sencilla.

–¿Cuántas veces solíamos vernos cada semana?

–No lo sé: cuatro quizá.

–Más o menos. Íbamos al cine los martes y quedábamos para ver el partido los sábados o los domingos, a veces también los lunes.

–A veces los tres días –añadió Charlotte–. También solías venir a hacer la colada y te quedabas a ver la tele.

–Ahí es justo donde quería yo llegar –dijo Gabe recostándose en el sofá–. ¿Cuántas veces nos veíamos entonces?

Era imposible negar lo evidente.

–Tienes razón: me parece que todo este asunto de las citas se nos ha ido de las manos.

–Ángel, ahora te veo como mucho una vez por semana. A veces tengo la impresión de que te has ido a vivir a Tahití –distraídamente le pasó la mano por el pelo–. Odio admitirlo, pero te echo de menos.

Ella tragó saliva, intentando disolver el nudo que se le había hecho en la garganta.

–¡Bah! Lo que pasa es que tienes tal montón de ropa sucia en tu casa que te cuesta abrir la puerta.

–Eso también, claro –dijo Gabe riendo–. Sin embargo, puedo solucionarlo comprando una lavadora y una secadora y, en cambio, nunca podría encontrar otra amiga como tú.

Charlotte sonrió y apoyó la cabeza en su hombro. Instintivamente él la apretó contra su cuerpo.

–Imagínate que tuviera que empezar a programar las citas con mi mejor amiga. ¿Qué pasaría entonces con nuestra amistad, ángel?

–No sé qué pensaría Dana si nos viera ahora –comentó Charlotte removiéndose inquieta–. Sabe muy bien que cuando estoy contigo tengo tendencia a portarme fatal.

–Y tiene mucha razón –convino Gabe enarcando las cejas–. Pero no te dijo con quién podías o no quedar...

–¡Una cita con Gabe! –murmuró Charlotte–. ¡Menuda posibilidad!

Notó cómo vibraba la risa de Gabe en el interior de su pecho. Poco a poco se dio cuenta de que se sentía feliz. Quería quedarse tal y como entonces estaba la noche entera, sintiendo aquel dulce calor calentándole las venas, escuchando el ritmo de su respiración, sus brazos alrededor de su cuerpo.

«Entonces, pídele que se quede a pasar la noche».

Mmmmm...

Un momento, ¿en qué estaba pensando?

Se levantó de golpe, sorprendida y molesta consigo misma. Debía estar más cansada de lo que creía si se le había ocurrido idea tan peregrina como aquella.

–Oye, me está entrando sueño, Gabe –dijo rápidamente–. Anda, dime dónde quieres que quedemos.

Sonriendo, Gabe se levantó y se quedó de pie frente a ella. ¿Cómo era posible que pudiera sentir el calor de su cuerpo? Prudentemente dio un paso atrás, pero él la siguió.

–Hay un partido de los Raider a las once, así que tienes todo el tiempo que quieras para dormir –propuso–. Después ya veremos; podríamos ver una peli de vídeo.

Aquello sonaba algo mejor.

–Bueno, pero la elegiré yo, ¿eh? De lo contrario acabaríamos viendo uno de esos rollos violentos que tanto te gustan, con abundancia de puñetazos y ni dos líneas de diálogo.

–Vale. Hay que ver lo femenina que te has vuelto. Tú eliges la película y yo me encargo de la comida. ¿Pizza?

–Ya sabes que es lo que más me gusta.

Él le pasó la mano por la cabeza, revolviéndole el pelo.

–Si no quieres, no tenemos por qué hacer manitas... aunque ya sé lo mucho que te cuesta mantener las manos alejadas de mí –bromeó Gabe.

Charlotte le pegó un buen puñetazo en las costillas.

–Anda, pesado, lárgate de una vez –dijo, pugnando por no echarse a reír. Después de lo que había tenido que pasar los tres últimos días, aquellos momentos de distensión eran justo lo que le hacía falta.

Agradecida, se puso de puntillas para darle un

beso en la mejilla, como había hecho miles de veces antes de entonces. Pero él debía haber pensando lo mismo, ya que agachó la cabeza justo en ese momento, así que ninguno de los dos pudo impedir que sus labios se juntaran.

Fue como si una fuerza superior a ellos les impulsara a mantenerse unidos. Por un fugaz instante los dos se miraron con los ojos muy abiertos, fulminados por idéntica sorpresa.

Entonces Gabe cerró los ojos y ella se dejó llevar.

Aquel beso no duró más que unos pocos segundos, pero fue suficiente para estimular hasta el último nervio de su cuerpo. Nunca como entonces se había sentido Charlotte tan viva.

Era como una auténtica corriente eléctrica.

Y Gabe debió sentir lo mismo, porque cuando por fin se separaron estaba tan sorprendido como si le hubiera dado un calambre.

–Er... buenas noches, ángel.

–Bu... buenas noches – Charlotte le acompañó a la puerta y cerró de golpe en cuanto él hubo salido. Tras cerciorarse por la mirilla de que en realidad se iba, se dirigió a la cocina y se sirvió un vaso de agua helada que bebió a grandes sorbos.

Lo que acababa de ocurrirle era una auténtica ironía del destino.

Aquel besito de nada había tenido la virtud de desatar una oleada de hormonas en sus venas. Y había sido Gabe nada menos el causante de aquel desastre.

Por lo menos, pensó filosóficamente, ahí tenía la respuesta a uno de los enigmas de aquella noche. Su reacción le demostraba que no era en absoluto frígida...

De repente le vino a la mente una conversación que había tenido con uno de sus clientes: le había dicho que no tenía que estar condicionado por una mala experiencia anterior con un diseñador, que eso no significaba que iba a tener mala suerte con todos. Y que en realidad, no importaba lo bueno que fuera un diseño, que lo realmente importante era que se ajustara a las necesidades de la persona que lo encargaba.

«Y tú tienes que buscar lo que te convenga, no conformarte con lo que la gente diga que es bueno para ti».

Eso era lo que había estado buscando.

Aquella intuición le traspasó la mente con la claridad de un rayo. Ahora empezaba a entenderlo todo: cuando era más joven había estado pensado si debería dedicarse o no al diseño de modas, le parecía algo demasiado «femenino», opuesto a su forma de ser. Así que dejó que fueran otras personas las que decidieran cómo debía encauzar su carrera. Nunca se había dejado llevar por su instinto hasta el día que decidió comprarse y ponerse aquel vestido rojo. Y el resultado había sido espectacular.

Como una tromba se dirigió a su estudio, buscó un bloc de dibujo y sacó una caja de pinturas. Nunca le habían gustado los colores pastel, y nunca se había sentido cómoda con aquellos infantiles vestiditos de línea romántica. ¿Qué pasaría si se dejaba llevar, si solo se ponía lo que en realidad se ajustaba con su personalidad?

Rápidamente llenó el cuaderno con todo tipo de esbozos, sin pensar en nada que no fueran aquellos diseños, ni en Gabe, ni en Jack, y mucho menos en los chicos de la pandilla o en sus amigas.

El resultado era brillante, lleno de inspiración. Aquello iba a funcionar, estaba segura.

Capítulo Siete

A las diez en punto de la mañana del domingo, Gabe estaba aspirando el suelo de su casa. Lo cual era ya bastante extraño por sí mismo. Normalmente dedicaba las mañanas de los domingos a una sola cosa, siempre la misma: dormir hasta el mediodía. Aquel domingo, sin embargo, había abierto los ojos a las seis de la mañana y no había podido volver a cerrarlos.

Amigos o no, el caso era que tenía una «cita» con Charlotte.

No se trataba de «salir» en el sentido estricto de salir con una mujer, claro; ya se había preocupado él de dejarlo lo suficientemente claro, se decía, aspirando la alfombra del salón. Todo formaba parte de un plan cuidadosamente ideado. Ella iría a su casa, los dos disfrutarían de todas sus actividades favoritas y así Charlotte tomaría buena cuenta de lo maravillosa que era la vida que llevaba antes de decidirse a ganar la estúpida apuesta. Recordaría lo feliz que era antes de cambiar de imagen, de conocer a Jack, antes de que él hubiera abierto su enorme bocaza; y dejaría la busca y captura de hombres para mejor ocasión, volvería a su antiguo estilo de vestir y las cosas volverían a su cauce.

Gabe desenchufó la aspiradora y fue a buscar un plumero para quitar el polvo. Ojalá pudieran recuperar lo que siempre habían tenido.

Lo cierto era que la noche anterior había sentido pánico, verdadero pánico al verla con aquel vestido rojo de satén. Un pánico seguido de auténtico deseo sexual, deseo que no se había disipado tras recordarse quién era en realidad aquella mujer, un recordatorio al que había tenido que recurrir varias veces durante el resto de la noche. Al verla salir con Jack, le dieron ganas de estrangular a alguien. Salió tras ellos con la idea, completamente falsa, de «protegerla». Si Jack tuviera la mitad de las hormonas de un hombre normal, habría hecho todo lo posible por llevarse a Charlotte a la cama. Él al menos lo habría hecho, se dijo, limpiando nerviosamente el polvo de la estantería.

Guardó la aspiradora y fue a buscar limpiacristales y unos trapos para limpiar los cristales. El problema era que, por muy buena idea que fuera aquel asunto de la «cita», Gabe no estaba seguro de si sabría salir adelante con él. Su cuerpo empezaba a controlar su mente, y su conciencia... aunque, en realidad, su conciencia siempre llegaba dos minutos tarde como para ser de utilidad.

Había deseado a Charlotte. Aquel beso había sido una absoluta sorpresa justo cuando él más tranquilo se encontraba. Charlotte, seguramente, se había quedado de piedra, pero él no se había quedado el tiempo suficiente para comprobarlo.

Guardó los artículos de limpieza y se dejó caer en el sofá.

Muy bien, era obvio que ambos sentían aquella extraña atracción. Conocía demasiado bien a las mujeres como para no darse cuenta del extraño brillo de su mirada, de su ligero sonrojo, de cómo se le había acelerado el pulso. Pero también sabía que aquella reacción se debía a que hacía muchos años que no la besaban. Solo se trataba de una vuelta al mundo de la sensualidad. Sin embargo, aquella idea solo le servía a él para sentir aún mayor deseo, pues no podía dejar de pensar en cuánto podía enseñarla.

Pero tenía que controlarse. Por varias razones:

Uno. Ella no sentía hacia él los mismos sentimientos, era obvio, en caso contrario lo habría invitado a quedarse en su casa.

Dos. Ella era nueva en el mundo de la sensualidad, lo que la hacia doblemente peligrosa: porque no sabía controlarse y no conocía su propio poder.

Tres. Él sí sabía cómo controlarse... y sabía que ella podía resultar letal.

De modo que, ¿cuál era la respuesta?

La respuesta era la siguiente: no podía tocarla siquiera, no podía hacer nada que pudiera conducir a «algo».

Sabía muy bien lo que hacía, por supuesto, se dijo, sintiéndose mejor que nunca desde que aquella estúpida apuesta comenzara a arruinar su vida poco a poco. Ninguna mujer había llegado a tentarle lo bastante como para que él diera la espalda a una amistad y mucho menos a una amistad tan importante como aquella.

–¿Gabe?

Era Charlotte, que llamaba desde la escalera.

–Sube.

Todo estaba en orden y bajo control. Por fin.

Charlotte entró cargada de bolsas y con dos blocs de dibujo.

–¡Gabe, no puedes imaginar lo que ha pasado!

–Tienes razón, no puedo –dijo Gabe, volvía a ser el de siempre.

–He sido tocada por la varita mágica –dijo ella, dejando los blocs de dibujo sobre la mesa y abriéndolos. Los dibujos eran increíbles, aunque eran todos diseños de moda cuando lo que ella solía hacer eran diseños para empresas o imaginativos logotipos. Aquellos dibujos poseían una vitalidad insospechada.

–La verdad es que me parecen muy buenos –dijo Gabe–. ¿Qué ha pasado?

–Pues... bueno, no es necesario entrar en los porqués –dijo ella apartando la vista–, pero por fin he descubierto lo que fallaba. Lo único que había hecho hasta ahora era seguir las indicaciones de Derek, o los deseos de Bella o de Dana. Pero en cuanto he averiguado lo que quería, ¡ha sido magnífico! No me gustan los volantes y odio los colores pastel –dijo con entusiasmo–. Se puede ser sencillo y cómodo y al mismo tiempo resultar atractivo.

Gabe se echó a reír ante tanta energía.

–Sería muy interesante verlo.

–¡Espera, puedo enseñarte algo! –rebuscó en una de las bolsas y luego en otra y en otra. Gabe observó divertido cómo su inmaculado cuarto de estar se iba llenando de ropa aquí y allá–. He desempolvado la máquina de coser que tenía en el colegio y he confeccionado un par de muestras.

Gabe miró a su alrededor, sorprendido de la cantidad de prendas de ropa que había a su alrededor.

–¿A qué hora te fuiste a la cama? –dijo, examinando lo que parecía una falda.

–¿Eh? Bueno, todavía no lo he hecho. Me he dado una ducha y me he cambiado antes de salir –dijo, y sin más preámbulos se quitó la camiseta.

–¡Eh! –exclamó él, pero antes de que pudiera detenerla, Charlotte se había desabotonado los jeans y había empezado a bajárselos antes de que tuviera tiempo de llegar hasta ella–. ¿Qué haces?

–Quería enseñarte lo que he hecho. Me cuesta creer que soy yo la que va a decirlo, pero me parecen increíblemente sexys. Tienes que verlo.

–No –dijo Gabe, tratando, desesperadamente, de contener la sensación que se le acumulaba en la entrepierna. Verla en braguitas y sujetador deliciosamente blancos era ya bastante sexy de por sí.

–Quiero decir, ¿por qué no te cambias en el baño?

Charlotte se echó a reír.

–¿Has visto la cantidad de ropa que he traído? Si tuviera que ir al baño a cambiarme, no acabaría nunca –se quitó los jeans de una patada y buscó un modelito azul–. Bueno, vamos a ver, ¿dónde está la parte de arriba de esto?

Aquello lo estaba matando, se dijo Gabe. El asunto de la «cita» había sido una idea francamente mala.

Charlotte se puso la falda y la parte de arriba.

–¿Qué te parece? –preguntó, girando sobre sí misma–. Tienes que pensar en los zapatos de tacón, claro. Y además la tela es de una pieza de exhibición en la que estaba trabajando, pero sirve para hacerse una idea.

–Muy... muy bonito.

–¡Espera, espera! Éste es mucho mejor –dijo Charlotte revolviendo de nuevo entre las bolsas. Gabe suplicó a Dios que le diera fuerzas para soportar la situación. Charlotte, por su parte, volvió a quitarse la ropa que llevaba.

–Muy bien, ¿por qué no llevamos toda esta ropa al baño, Charlie? –dijo Gabe, desviando la vista de su amiga y recogiendo algunas prendas. ¡Aquello era más de lo que un hombre con sangre en las venas podía soportar!

–Gabe, tienes en la mano el vestido que quería enseñarte...

–No sé por qué te empeñas en hacerme un desfile aquí mismo –espetó él, sin mirarla. «Cálmate, puedes convencerla con buenas palabras», se dijo–. Lo que me has enseñado me parece estupendo, creo que vas por el buen camino. Pero ya me conoces, no soy muy buen juez de la moda.

–Gabe –dijo ella–, eres el vicepresidente de una firma de ropa deportiva.

–Oh –¡Vaya! ¿Por qué tenía que mencionar lo obvio?–. Me refiero a la ropa de mujer.

–¿No tenéis una línea femenina?

–Bueno, me refiero a la ropa que te pones tú –dijo él, y se volvió por fin.

Ojalá no lo hubiera hecho. Aquella vez vislumbró algo más que una rápida visión de su ropa interior. Charlotte estaba en el centro de la habitación. Sus braguitas parecían la parte de abajo de un bikini. Estaba de brazos cruzados y uno de los tirantes del sujetador le colgaba a un lado. Su pelo estaba húmedo y rizado.

El deseo le golpeó con la fuerza de un huracán.

–Me estás tomando el pelo, ¿no?

Gabe tardó un segundo en hilvanar una frase coherente.

–No.

Charlotte sonrió.

–Estupendo, entonces pásame ese vestido malva que tienes en la mano izquierda.

–Charlotte, te lo digo en serio, creo que deberías cambiarte en otra habitación.

–¿Por qué? Eres mi mejor amigo y no hay nada que yo tenga que tú no hayas visto ya en otra mujer.

Gabe se sentó. En efecto, él era su mejor amigo y resultaba evidente que aquella situación no le causaba ningún problema. Y si a ella le daba igual desvestirse delante de sus narices, ¿por qué no le iba a dar igual a él? Había visto a muchas mujeres guapísimas con mucha menos ropa de la que llevaba Charlotte en aquellos momentos.

Claro que con esas mujeres él no había tenido por qué cortarse ni un pelo.

Se quedó allí sentado, capeando como pudo la situación, viendo a Charlotte probarse un modelito tras otro. Lo cierto es que no estaban mal, y tenían cierto estilo. Aquellas prendas parecían cómodas, asombrosamente sencillas y le daban un aspecto muy, muy seductor.

Por fin llegó el momento de enseñar el último conjunto y volvió a ponerse los vaqueros y la camiseta. Gabe estaba bañado en sudor. El corazón le latía como si hubiera corrido la maratón.

–Bueno, ¿qué te ha parecido? –preguntó Charlotte con evidentes ganas de conocer su opinión.

¿Qué le había parecido? Había perdido diez años de su vida durante aquella tortura.

–Pues... muy bonito.

–¿Bonito? –repitió Charlotte con el ceño fruncido–. Eso es una opinión de compromiso. Yo buscaba una ropa sexy, devastadora. Venga, Gabe, dame tu verdadera opinión.

–Muy bien –dijo él, suspirando–. Ha sido increíble. Harías que un monje budista se pusiera a babear como un perro. Si Dios ha hecho algo mejor, en este mundo desde luego no lo ha puesto. ¿Satisfecha?

Lo dijo como de mala gana y se daba cuenta de ello, pero aquello era como echar sal a sus heridas.

Se levantó y se dirigió a la cocina apresuradamente, a buscar agua helada. Se le pasó por la cabeza echársela en la entrepierna, pero en vez de ello bebió un vaso entero de un trago.

–Babear como un perro, ¿eh? –dijo ella sonriendo.

–Eres demasiado, ángel –dijo él con un suspiro.

–Eso es lo que quería oír –concluyó Charlotte, y se dejó caer en el sofá–. ¿A qué hora empieza el partido?

Gabe se sentó, por cautela, en el otro extremo del sofá, con el mando a distancia en la mano.

–Dentro de media hora, pero podemos ver el programa previo, ¿te parece?

–Vale –dijo ella, y volvió a bostezar.

Gabe sonrió con ternura. Ahora que Charlotte estaba completamente vestida y sin maquillaje se sentía mucho más caritativo hacia ella. Qué bonita estaba medio dormida. Y qué inofensiva.

–¿Lista para irte a la cama, ángel?

Charlotte asintió.

–Supongo. Estaba tan emocionada con los diseños que tenía la sensación de que podía seguir sin parar, ¿entiendes? Y quería venir a enseñártelos.

–Y tenías tanta prisa que tenías que hacerlo en el salón, ¿no? –dijo él, con una sonrisita que le pareció tonta incluso a él.

–Bueno, me parecía una estupidez pasar de una habitación a otra. Ya sabes cómo soy cuando estoy inspirada –dijo Charlotte, hundiéndose todavía más en el sofá–. Además, Gabe, cuando he tenido la inspiración tú has sido la primera persona en la que he pensado. Quería que los vieras antes que nadie.

Gabe se sintió absurdamente conmovido.

–Bueno... gracias, Charlotte. Es un honor.

–Eres mi mejor amigo, Gabe –murmuró Charlotte–. Sin ti no habría podido llegar tan lejos. Todo esto te lo debo a ti.

–No me debes nada –dijo él suavemente, viendo como ella se dormía–. Lo has hecho todo por ti misma.

Charlotte musitó una palabras incomprensibles y se durmió.

Horas más tarde, Gabe se despertó en una habitación oscurecida. La pantalla de la televisión brillaba vacía y azul. Charlie se había despertado brevemente en el descanso del partido y en la primera mitad de la película, en la segunda mitad los dos se habían quedado dormidos. La cinta de vídeo había llegado al final y se había rebobinado. Miró los números rojos del vídeo. Eran las siete. ¡Había dormido dos horas!

Se estiró para desperezarse y su mano tocó un cuerpo blando y cálido. Iluminada por la luz azulada de la pantalla, Charlotte estaba tumbada en el sofá a su lado. Él apartó la mano.

Sonrió. Lo había conseguido, había pasado con ella el día entero, haciendo todo lo que le gustaba y a pesar de su tortuoso comienzo se las había arreglado para no tocarla ni un pelo.

La había besado una vez, la había visto medio desnuda, pero eso formaba ya parte del pasado. Desde aquel día serían amigos. Era perfecto. Ahora lo único que hacía falta era salir a comer una pizza y sellar el pacto. A partir de aquel día todo iría viento en popa.

–Levanta, pequeña –le susurró al oído–. Hay una deliciosa pizza margarita esperándote.

–Hum –masculló Charlotte, encogiéndose de hombros.

–Venga, venga. Si sigues durmiendo esta noche no tendrás sueño –dijo Gabe, frotándole los hombros–. En cuanto comas algo te sentirás mejor.

–Oh –se quejó ella.

–¿Te he hecho daño?

Charlotte dejó escapar un suspiro.

–No –seguía medio dormida.

–Estás loca, no sé cómo has podido estar cosiendo toda la noche –dijo Gabe, e incrementó la presión de los dedos–. Relájate y déjame a mí. Llámame Gunther, tu masajista sueco...

Charlotte se acomodó para recibir mejor el masaje de Gabe.

–Así, así.

Gabe recorrió el cuerpo de Charlotte con la mirada. Tenía las largas piernas estiradas y la espalda arqueada como si fuera una gata.

Y él comenzaba a sentir deseos de besarla. «Lo estabas haciendo muy bien», se dijo, «no lo estropees ahora».

–Bueno, ya está bien –dijo, y le dio la vuelta para que lo mirase–. Levántate, ya, Charlotte.

Ella parpadeó. Tenía los ojos entreabiertos y muy pesados. Luego sonrió.

–Gabe...

Antes de que él pudiera reaccionar, le echó los brazos al cuello. Antes de que pudiera pensar, tiró de él hacia sí.

Cuando él se dio cuenta de lo que estaba pasando, ya no quiso ni reaccionar ni pensar siquiera.

Comenzó suavemente, como en un lento susurro, rozando sus labios contra los suyos. Susurró su nombre, lo cual provocó en su estómago una especie de intenso fuego. Trató de recobrar el control, pero ella lo sostuvo con más firmeza y se apretó contra él.

El deseo de controlarse, no obstante, desapareció muy pronto. Se echó sobre ella, recostándola sobre los cojines. Ella se estremeció y él se dio perfecta cuenta de ello. Sintió sus pezones erizados a través de la tela de su camiseta. La besó apasionadamente, disfrutando del sabor de sus labios, de su lengua.

Le acarició el cuello y ella tembló y gruñó en su boca. El beso se hizo más intenso aún cuando él le acarició un seno y ella se lo facilitó, separándose un poco, agradeciendo y buscando aquella deliciosa caricia. Pasó un dedo por un pezón y ella se arqueó, acoplándose a él con una pasión tan intensa que le hizo retorcerse de placer.

De pronto, sin saber cómo había llegado a aquella postura, Gabe se vio entre las piernas de Charlotte, con las caderas dulcemente aprisionadas entre ellas. Y se dio cuenta de que Charlotte se acomodaba para sentir su erección.

Era una sensación intensa, tóxica. Estaba fuera de control. Su corazón latía con tanta fuerza que podía oír sus latidos con la fuerza de un tambor de guerra.

¡Pum! ¡Pum! ¡Pum!

Un momento... ¡No se trataba de su corazón.

–¡Gabe...! ¿Estás ahí?

Levantó la cabeza con esfuerzo. Los dos se quedaron muy quietos, mirando hacia el pasillo de donde provenía el sonido de los golpes.

–Venga, tío, sabemos que estás en casa –parecía Ryan–. ¡No nos obligues a derribar la puerta!

Gabe se puso en pie de un salto. Los dos respiraban con dificultad.

–No te muevas –dijo y bajó a toda prisa.

Abrió la puerta.

–¿Qué?

Ryan, Mike y Sean estaban junto a su puerta.

–Tranquilo, tío. Solo queríamos que supieras que hay olas de más de dos metros, perfectas para hacer surf. ¿Vienes?

–¿Casi echáis la puerta abajo para decirme que hay olas de dos metros?

–Pues, claro –dijo Mike, levantando la vista con un gesto de impaciencia–. ¿Qué demonios te pasa?

Ryan estudió la expresión de Gabe durante un momento, luego sonrió.

–Me da la impresión de que hemos venido en mal momento...

–Más o menos –dijo Gabe.

–Lo siento, tío, de verdad –intervino Mike, retrocediendo–. En serio. Haz lo que tengas que hacer.

Ryan se echó a reír, pero Sean se fijó en los coches que había aparcados en la calle y luego lo miró con gesto preocupado.

–¿Seguro que estás bien?

–Lo estaré en cuanto te lleves a estos payasos de aquí.

Sean dio media vuelta y los tres amigos se alejaron hacia la playa.

Gabe cerró la puerta, echó el cerrojo y volvió arriba.

Charlotte había metido toda su ropa en las bolsas y estaba recogiendo los dos blocs de dibujo.

–Creo que es mejor dejar esa pizza para otra ocasión –dijo, sin levantar la vista.

–Charlotte, con respecto a lo que ha pasado...

–Ha sido culpa mía –dijo ella–. De verdad, supongo que estaba cansada, o soñando o lo que sea.

–Ha sido un pequeño accidente, ángel –dijo él, tomando su barbilla para mirarla a los ojos–. No hay que echar la culpa a nadie.

Charlotte seguía sin mirarlo directamente a los ojos.

–Tengo que ir a casa y terminar de perfilar estos esbozos, creo que puedo sacar de ellos algunos vestidos. Y de verdad que tengo que... hacer recados, por mi casa.

Un momento, ¿él se estaba consumiendo vivo y lo único en que ella podía pensar era en hacer unos recados?

–Charlotte, ¿estás bien?

–No quería que... –dijo, mirándolo por fin a los ojos–. Ocurriera lo que acaba de ocurrir. Créeme, de verdad. Sé que ha sido una tontería, pero llevamos siendo amigos mucho tiempo y seguro que lo comprendes. No significa nada en absoluto.

No significa nada en absoluto.

–La verdad es que me falta práctica –prosiguió ella sonrojándose–. Y ahora, con el asunto de la apuesta y el cambio de actitud... supongo que surgen muchas cosas que ni siquiera sospechaba.

Gabe asintió.

–Ahora me voy y será como si esto nunca hubiera ocurrido, ¿de acuerdo?

–Claro.

Era exactamente lo que él quería que sucediera con los dos besos que se habían dado, ¿o no?

Charlotte esbozó una sonrisa de disculpa y se puso de puntillas como si quisiera darle un beso, pero luego cambió de opinión y se dirigió a la puerta. Gabe estaba desconcertado.

–Hasta luego –dijo, abriéndole la puerta.

–Hasta luego, ya te llamaré.

La vio subirse al coche y marcharse. Luego se dirigió a la cocina, sacó una cerveza del frigorífico y volvió al salón. Allí se dejó caer en el sofá y abrió la lata de cerveza.

Por supuesto, lo que había ocurrido debía hacerle sentirse más feliz. Implicarse en una relación con Charlotte solo podría traerles muchas complicaciones a los dos. Para empezar, pondría fin a su amistad, lo cual por supuesto sería desastroso.

Sí, Charlotte tenía razón, razonó. Eran tan solo amigos, de modo que lo mejor era dejarse de besos y fingir que no había pasado nada. Solo así podría él conseguir lo que tanto deseaba, ¿no? Es decir, que todo volviera por sus cauces, que todo permaneciera como siempre y él no tendría que preocuparse por perderla. Resultaba extraño, pero de un modo algo peculiar su «cita» había acabado tal como él había planeado.

Suspiró y apuró la cerveza. Maldita sea, ¿por qué entonces no se sentía mejor que antes?

Capítulo Ocho

«Estúpida, estúpida, estúpida, estúpida».

Charlotte estaba mirando fijamente el teléfono de su cuarto, preguntándose cómo podría explicarle a Bella que no podía acudir a la fiesta de inauguración de su nueva casa. «Hola, Bella, no puedo ir porque sé que Gabe estará allí y llevo evitándole durante una semana. ¿Por qué? Porque el otro día perdí la cabeza. Estaba medio dormida y le ataqué como una amazona en celo.» Intentó decirlo en voz alta, por probar, y se dio con la almohada en la cabeza. «¡Estúpida!»

Aquella noche, en el sofá de Gabe, había perdido la cabeza por completo. Por supuesto, no había ido a su casa con la intención de seducirlo. Cómo seducir a Gabe, que tenía a muchas mujeres, como aquella rubia del restaurante, dispuestas a bailar desnudas ante él para conseguir su atención. En cualquier caso, él se habría reído ante un intento por su parte en tal dirección.

Una imagen del beso le cruzó por la mente, una imagen parecida a las muchas que llevaban atormentándola durante toda la semana. En medio de una reunión de trabajo, o en el supermercado, o cuando trataba de concentrarse en sus dibujos. O por la noche, antes de dormirse.

En realidad, ese era el peor momento.

Suspiró profundamente. Había salido corriendo de su casa, disculpándose, pidiéndole que olvidara lo ocurrido, cosa que él, a aquellas alturas, probablemente ya habría hecho. Ella, sin embargo, no podía dejar de olvidar lo ocurrido. Sabía bien que no era aquello lo que él quería. No, no deseaba mantener una relación con ella, el beso había sido algo placentero, agradable, pero estaba segura de que Gabe no quería mantener una relación con ella. Ella, por su parte, deseaba algo más.

Ella estaba enamorada de él.

Era algo que debería haber admitido mucho antes. Estaba enamorada de su mejor amigo. Cuando no tenía confianza en sí misma, con la amistad le bastaba. De hecho, en muchas ocasiones se había dado cuenta de que su amistad era mucho más de lo que ella merecía, pero ahora, cuando cada vez tenía más confianza en sí misma y mayor conciencia de sus deseos, tenía la sensación de que el matrimonio, la familia, los hijos, eran posibilidades al alcance de su mano.

Es decir, eran posibilidades con cualquier hombre en general, solo que ella quería a uno muy en concreto, quería a Gabe. Ahí estaba el problema.

Suspiró. Él no quería ser el señor Adecuado de nadie. ¿Por qué iba a querer si podía salir con cualquier mujer que quisiera? Su vida, como él mismo admitía, era «perfecta» y no tenía el menor deseo de cambiarla. No, nunca se enamoraría de ella.

«¿Y ya está?», le dijo, indignada, la voz de su conciencia. «¿Y ahora qué?»

En cualquier tiempo pasado, se habría conformado con su situación, la habría sufrido en silencio, pero ahora no. Se sentía atractiva y confiaba en sí misma. ¿Por qué iba a quedarse suspirando por su suerte, esperando a que él entrara en razón? ¡Tenía otras opciones!

Un nuevo ánimo la impulsaba. Buscó el bolso y sacó un trozo de papel con un número de teléfono.

–Hola, ¿Jack? –sonrió, mirando un vestido que acababa de confeccionar–. Soy Charlotte. Me pregunta si te apetecía acompañarme a una fiesta esta noche.

Que Gabe hiciera lo que le diera la gana, se dijo,

mientras Jack aceptaba la invitación. Ella tenía que vivir, no podía hipotecar su vida a un sueño que no podía hacerse realidad.

Gabe llevaba media hora sentado en el sofá del salón de la casa de Bella. Trataba de reunir la energía suficiente para mantener un nivel mínimo de sociabilidad. Desde el episodio sucedido con Charlotte no tenía humor para relacionarse con nadie y en realidad solo había acudido a la fiesta por ver si hablaba con ella.

Habían hablado por teléfono un par de veces, pero era obvio que algo la molestaba, porque se mostraba distante y evasiva. Lo más probable era que se sintiera incómoda con lo que había sucedido en su casa el domingo anterior, quizás sintiera cierta vergüenza. Incluso había admitido hasta qué punto le faltaba práctica, como si fuera un crimen.

Bueno, muy bien, pero él se encargaría de recuperar la normalidad. En realidad, ¿qué había de malo en que dos amigos se besaran? Él había sentido una gran confusión con respecto a aquel asunto, era cierto, pero probablemente aquello no era nada comparado con lo que la pobre mujer estaría pasando.

«Sí, claro, por eso te has portado igual que un ermitaño desde que todo esto empezó».

«Cállate, conciencia», se dijo. «Ahora mismo no me haces falta».

Sí, él conseguiría que ella volviera a sonreír y su relación de amistad recobraría su pulso normal. Le iba mucho mejor y las ropas que diseñaba parecían haber abierto un camino enteramente nuevo para ella, de hecho, pensaba proponerle la compra de algunos de sus diseños para su línea femenina. Si pudiera hablar con ella aunque no fuera más que cinco minutos, si pudiera...

–¡Charlotte! –dijo Bella, corriendo hacia la puerta

de entrada y dándole a su amiga un gran abrazo–. Qué pena, cariño, que no nos hayamos visto desde la boda, pero la mudanza, ya sabes... además, sabía que estabas en las capaces manos de Dana.

–Hola, Bella –interrumpió Charlotte–. Quiero presentarte a mi amigo, Jack Landor. Jack, esta es Bella Donofrio... digo, Bella Paulson, que acaba de casarse.

–Enhorabuena. –La voz de Jack emergió desde la espalda de Charlotte. Gabe abrió los ojos de par en par–. Charlotte me ha hablado mucho de ti. ¿Qué tal en Hawai?

¿Jack Landor estaba allí? ¿Con Charlotte? ¿Qué demonios estaba pasando?

–Precioso, precioso –dijo Bella, colgándose del brazo de Jack–. Pero lamento haber estado fuera tanto tiempo, me he perdido la diversión. Para mi gusto, Charlotte y yo apenas hemos podido hablar de ti –dijo mirando de reojo a Charlotte con una enorme sonrisa.

–Bueno, pues yo voy a estar por aquí algún tiempo, así que nos va a ser fácil remediar la situación –dijo Jack con una sonrisa.

Bella se echó a reír, acompañando a la pareja a la cocina.

–¿Quieres algo de beber...?

«Genial», pensó Gabe. Al parecer, uno de los dos se las había arreglado para olvidar lo sucedido el último domingo como si no tuviera ninguna importancia... y no se trataba de él.

Se levantó y se dirigió a la puerta de la cocina, pero sin entrar.

–¿Así que esta es tu nueva casa? –oyó que decía Jack.

–Ésta es su dulce hogar, sí –intervino Dana–. Brad, ¿por qué no le enseñas la casa a Jack? Charlotte ya la conoce y además tenemos muchas cosas de qué hablar. Tengo que ponerme al día.

Gabe se refugió detrás de la percha de los abrigos

para que Jack y Brad no lo vieran, y siguió escuchando. Sabía que no debía hacerlo, pero como mejor amigo de Charlotte tenía derecho a saber de su vida. Al menos esa era la justificación que pensaba esgrimir en caso de que lo sorprendieran.

–¡Oh, Dios mío! ¡Es guapísimo! –dijo Bella.

–¿No te lo había dicho? –intervino Dana.

–Sí, pero no te das cuenta de hasta qué punto si no lo ves en persona. Qué rubio, qué sonrisa, Dios mío, casi me derrito.

Gabe levantó los ojos al cielo. Si Jack había recibido la aprobación de Bella, más le valía irse preparando para soportar una gran presión.

–Me encantan sus ojos –dijo Dana–. ¿Qué es lo que más te gusta de él, Charlotte? ¿O no puedes decírnoslo?

–Lo que más me gusta de Jack es que es muy tierno y no me presiona nunca. A diferencia de vosotras dos.

«Ésa es mi chica», pensó Gabe. «Duro con ellas».

–Oh, vamos, cariño –dijo Dana–. Me parece que no te pusimos una pistola en el pecho para que aceptaras la apuesta de Gabe. Te metiste en el lío tú solita. Pero ahora eso da igual, Jack es el hombre más guapo y más simpático con el que has salido, ¿qué tiene de malo en que insistamos en que no lo pierdas?

Charlotte no dijo nada y Gabe sintió la tensión del silencio.

–Si no os importa, no quiero hablar del tema.

Gabe se mordió el labio en un gesto de frustración.

–¿Charlotte, qué ocurre? –preguntó Bella con preocupación–. ¡Estás blanca!

Gabe dio un paso adelante. ¿Charlotte enferma? No estaría...

–No es nada, es solo que no he dormido bien –dijo Charlotte y Gabe suspiró, si le ocurriera algo serio, lo habría dicho, sin duda–. Y además no he desayunado, últimamente como muy poco.

–Muy bien, lo primero que haremos es darte de comer –dijo Bella, adoptando un tono maternal–. ¿Sabes lo que parece? Que estás enamorada.

¿Enamorada?

¿Charlotte enamorada de aquel niño bonito?

–¿Habéis visto a Gabe? –preguntó Charlotte, y Bella se echó a reír.

–Muy bien, si quieres cambiar de tema, cambiaremos de tema –dijo Dana–. Gabe debe estar viendo algún partido en la tele, pero te diré una cosa, no, no puedes ir a buscarlo.

–Francamente, Charlotte, ¿qué va a pensar Jack si te ve ver la tele con el idiota de mi hermano? –añadió Bella.

Gabe suspiró. Ya tenía bastante problemas con Charlotte como para que Bella y Dana echaran más leña al fuego.

–Yo no pensaba ver la tele y no creo que Jack pensara nada malo de mí, pero llevo sin hablar con Gabe una semana.

Se hizo un prolongado silencio.

–Muy bien, ¿qué es lo que pasa, Charlotte? –intervino Dana, con evidente preocupación.

–¿Qué quieres decir?

–Si no vas a ver el partido y no hablas con Gabe desde hace una semana es que pasa algo muy gordo –dijo Dana–. Así que dinos qué es.

Gabe se inclinó hacia delante.

–No comes, no duermes y estás... un momento –dijo Bella, lentamente–. ¿No estarás embarazada?

Gabe se agarró a los abrigos con tanta fuerza que estuvo a punto de echar abajo el perchero.

–¿Qué? ¡No!

–¿Seguro?

–Seguro, a no ser que baste con un apretón de manos y un beso de despedida.

Gabe respiró de nuevo. No tenía por qué alegrarse de que Charlotte no se hubiera acostado con Jack, pero se alegraba, infinitamente. Fue como si le quitaran un gran peso de encima. Y entró en la cocina.

–Ah, Charlotte, estás aquí.

Las tres mujeres se callaron. Su hermana y Dana tenían rostros culpables y sonreían disimuladamente. Charlotte se lo quedó mirando fijamente.

–¿Estabais hablando de algo que yo debería saber, señoras?

–Era solo una conversación entre amigas –dijo Charlotte–. Nada que te interese.

–Bueno, pues podríamos hablar de otra cosa, ¿no?

–Tengo una idea –dijo Bella, con ánimo desafiante–. ¿Qué te parece si hablamos del hecho de que Charlotte está a punto de ganar la apuesta?

–Jack es el partido del siglo –dijo Dana.

Gabe no dejaba de mirar a Charlotte a los ojos.

–¿Por qué no me hablas de Jack, Charlotte? –dijo, bajando la voz–. La verdad es que no sé si estáis muy unidos o no.

–No hay mucho que contar –dijo Charlotte, elevando un poco la barbilla, clara muestra de orgullo, según Gabe sabía muy bien–. Quiero decir, Jack es un gran partido. Le gusta estar conmigo y a mí estar con él. Si él quiere algo más, bueno pues ya veremos, pero de momento solo estoy tratando de pasar mi tiempo con alguien con quien sí puedo imaginar un futuro –dijo, enarcando una ceja y sin dejar de mirar a Gabe, a quien aquella situación le resultaba familiar–. ¿Representa eso algún problema para ti, Gabe?

Gabe apretó los dientes.

–Claro que no –replicó–. ¿Por qué iba a serlo?

–Creo que voy a ir por Jack –dijo Charlotte, sonriendo–. Quería enseñarle el cuadro que te regalé, Bella. Si me perdonáis...

Desapareció sin más palabras.

–Bueno –dijo Dana–, ya te lo había dicho.

–Está preciosa –dijo Bella–, y no es tanto su nueva ropa, aunque parece claro que el verde le sienta muy bien, como la actitud.

–Sí, pero la ropa me encanta –adujo Dana–. Nuestra pequeña se ha convertido por fin en una mujer.

–¿Qué te parece, Gabe? –dijo Bella, sonriendo.

–Creo que tenéis que dejar de presionarla –dijo Gabe ásperamente y las dos mujeres se quedaron boquiabiertas.

–No la estamos presionando –protestó Dana–. Solo estamos...

–Sí la estáis presionando. Nunca os ha gustado su manera de ser y ahora está cambiando por complaceros –dijo Gabe, frunciendo el ceño. Su temor era otro, que Charlotte cambiara y lo abandonase–. Me alegro de que haya ganado confianza en sí misma, ¿quién no se alegraría por eso? Pero no necesita que los dos insistáis en que se comience una relación para la que no está preparada.

Bella parecía confusa, pero Dana contraatacó.

–Es más fuerte de lo que tú crees.

–Es más frágil de lo que tú crees –replicó Gabe–. Confía en mí, lo sé muy bien, yo mismo le he hecho bastante daño. Así que lo único que digo es que tengáis cuidado, ¿lo haréis?

Bella asintió.

–Muy bien, por nada del mundo le haría daño a Charlotte.

–Claro que no –dijo Dana, suspirando–. Bueno, vale, Gabe, pero te digo una cosa, no creo que esta vez se sienta presionada, es que está muy implicada en su relación con Jack.

–Puede ser –dijo Gabe y salió al pasillo. Quería comprobar hasta qué punto estaba implicada con Jack. Era su mejor amiga y como tal responsabilidad suya, y no permitiría que nadie le hiciera daño... ni Dana, ni Bella, ni Jack ni siquiera ella misma.

–Ha sido genial, Charlotte –dijo Jack, sonriendo–. Gracias por invitarme.

–No pasa nada –dijo Charlotte, tomando un trago

de su refresco. Se alegraba de que Jack lo estuviera pasando tan bien. Ella por su parte lo estaría pasando mucho mejor si supiera dónde andaba Gabe, que la había evitado desde su corta conversación en la cocina; aunque solo le había dicho la verdad, así pues, ¿por qué ocultarla?

–Tienes unos amigos estupendos –dijo Jack–. Son como una familia. Tanto que me han hecho echar de menos a la mía –dijo, y suspiró–. Puede que sean un poco pesados, pero te quieren, ¿sabes?

Charlotte abrió mucho los ojos.

–¿Puedes decir eso después de haber pasado con ellos solo un par de horas?

Jack se echó a reír.

–Hablaba de mi familia, Charlotte. No dejan de presionarme para que me case.

–Sé muy bien a qué te refieres.

–Un día de estos voy a relacionarme con alguien solo para que me dejen en paz.

–Eso me suena.

–Charlotte –dijo Jack, poniéndose muy serio–, ¿has pensado...?

–Hola.

Charlotte se giró. Gabe se colocó a su lado.

–¿Gabe?

–Hola, Jack, ¿te importa que te robe a Charlotte un momento? Tengo que hablar con ella.

Charlotte abrió los ojos de par en par. Jack asintió.

–Claro, adelante.

Charlotte frunció el ceño.

–Seguro que puede esperar –dijo.

–No, tengo que hablar contigo ahora mismo –dijo, y tomándola del brazo la empujó hacia el pasillo.

–Volveré ahora mismo –le dijo a Jack, y se volvió hacia Gabe–. ¿Qué haces?

–Salvarte –dijo Gabe–. Este sitio está lleno hasta los topes y tengo que hablarte en privado. Dónde... por aquí, ven –dijo, y abrió una puerta que conducía al sótano.

Charlotte se sentía algo frustrada.

–Será mejor que sea algo importante, Gabe –dijo, mirando a su alrededor la oscuridad que los rodeaba. El aire era húmedo y fresco, con ligero olor a detergente.

–¿Te has dado cuenta de lo que ese tipo estaba a punto de decirte? –dijo Gabe, tirando de la cuerda de la bombilla que colgaba del techo para encenderla–. Tienes suerte de que pasara por allí.

–¿Perdón? –replicó ella con estupor.

–Me has oído. Ese tipo estaba a punto de atacar –dijo Gabe, sonriendo con satisfacción–. Se las sabe todas. Tú no habrías sabido rechazar un montón de mentiras sobre el matrimonio y esas cosas.

–¿Y por qué iban a ser mentiras? –dijo ella–. Muy bien, de acuerdo, puede que quisiera «atacar», ¿y qué? ¡Ya era hora de que alguien lo hiciera!

–¿Hablas en serio? –replicó Gabe, apretando los dientes–. Ésta sí que es buena, yo me rompo los cuernos por protegerte y lo único que se te ocurre decir es que te da igual.

–¿Protegerme? –dijo ella, con un gesto de impaciencia–. ¡Por favor! Cuántas veces voy a tener que decirte que puedo cuidar de mí misma. Soy una mujer adulta, hecha y derecha, perfectamente capaz de tratar con un hombre que tiene en la mente algo más que un beso por descuido.

–¿De verdad? –replicó Gabe con sarcasmo–. Tiene gracia. Ahora mismo creo recordar a cierta mujer «hecha y derecha» totalmente nerviosa después de besar a un tío en el sofá de su casa. Creo recordar a una mujer «hecha y derecha» que me dijo que le faltaba práctica en los aspectos físicos de una relación –dijo, con los ojos inyectados en sangre–. ¿O son imaginaciones mías?

–Es que, como me falta práctica, estoy pensando en que Jack me ayude a recuperar el tiempo perdido.

–Y un cuerno –gruñó Gabe–. Charlotte, no importa lo que pienses, no sabes dónde te estás metiendo. Estás mal de la cabeza, ¡ni siquiera conoces a este tipo!

–¡Claro que lo conozco!

–¿Después de dos semanas? –preguntó Gae, dando un paso adelante, inflamado–. Entonces dime, ¿cuál es su deporte favorito? ¿Y su película favorita? ¿Y su helado preferido?

Charlotte se acercó a él, estaban a unos centímetros.

–No es un fanático del deporte, como tú, pero a veces ve algún partido de béisbol. Su película favorita es *Espartaco* y su helado preferido el mismo que el tuyo: de chocolate.

Gabe frunció el ceño.

–¿Y en la cama? ¿Qué tal en la cama?

Charlotte se quedó de piedra.

–¡Cómo te atreves!

–Claro, en esa cuestión no nos puedes comparar –dijo Gabe con una fría sonrisa–. Aunque puede que te dé una idea de lo que prefiero, para que Jack sepa lo que me gusta.

Antes de que pudiera moverse, Gabe la tomó por la cabeza y se echó sobre ella besándola violentamente.

Con esfuerzo sobrehumano, Charlotte se separó de él.

–¡Cómo te atreves! –dijo, con la respiración entrecortada.

Gabe la miró con ánimo incendiario. También a él le costaba respirar, pero, poco a poco, lograba controlarse y no dejarse llevar.

La voz de Charlotte vibró con la energía que le corría por las venas.

–En tu vida, escúchame bien, en tu vida vuelvas a hacer eso. Me da igual que te pueda tu impulso de macho. No eres Tarzán y yo no soy Jane –dijo, apretando los dientes–. Cuando quiera besar a alguien, no lo haré de rabia, ni por frustración, ni por lo que sea. Cuando bese a alguien será porque lo deseo, pura y simplemente. ¿Me oyes?

–Te oigo, sí.

–Mejor –respondió Charlotte, y sin más le echó los brazos al cuello, hundiendo los dedos en sus cabellos y lo besó apasionadamente.

Si pensaba que podía controlar las sensaciones que le provocaba aquel beso, se equivocaba. Pensó, vagamente, que quería demostrar algo, pero en aquel momento solo podía aferrarse al hecho de que necesitaba sentir sus labios, sus brazos, su cuerpo entero.

Gabe se quedó de piedra, sin poder reaccionar durante unos segundos, luego respondió con un abrazo, tomándola por la cintura, estrechándose contra ella. Trazó con la lengua el perfil de los labios de Charlotte y luego la deslizó dentro de su boca, para saborearla. Charlotte sintió una oleada de calor y fue como si un rayo de pasión y ardor la recorriera de arriba abajo. No pensaba porque no podía pensar. Solo podía desear... y actuar.

Gabe la empujó contra la lavadora, sentándola en ella. Charlotte se aferró a sus hombros y separó las piernas para recibirlo entre ellas. Gabe le acarició la espalda, poco a poco, dulcemente. Ella sentía las yemas de sus dedos, como si trazaran una senda de fuego que aumentaba su pasión.

–Charlotte –susurró él, con la respiración entrecortada, besándola detrás de las orejas, deslizando la lengua por el cuello. Ella arqueó la espalda para sentir su presión en los senos.

–Gabe –susurró ella, guiándolo hacia sus labios. El nuevo beso fue largo, dulce, cálido, pero no menos apasionado. Metían y sacaban la lengua en sus bocas, en un recordatorio de lo que ambos estaban deseando.

–¿Gabe, Charlotte, estáis ahí?

Charlotte dio un respingo al tiempo que Gabe se separó de ella, llegando hasta el otro extremo de la pequeña bodega.

Bella se asomó, con curiosidad.

–¿Estáis bien? ¿Pasa algo?

–Subimos dentro de un momento –dijo Gabe. Su voz era ronca, casi ahogada, y le daba la espalda a la escalera.

–¿Podéis subir una caja de cervezas? –dijo Bella, y cerró la puerta.

Charlotte lo miró con un brillo en los ojos.

–Gabe, tenemos que dejarnos de interrupciones.

–Charlotte, esto es una locura –dijo él, volviendo a su lado y besándola de nuevo sin dejar de hablar–. Si vuelve Bella, ¿qué le vamos a decir?

–¿Qué tal esto: «Bella, ¿te importaría volver después de que hagamos el amor en tu lavadora»? –dijo ella, y se echó a reír, aunque dejó de hacerlo al darse cuenta de que era eso precisamente lo que acabarían haciendo si no se detenían a tiempo. Sin embargo, a la alarma le siguió una nueva idea: ¿y qué? ¿qué importaba nada?; y lo besó de nuevo.

Gabe, no obstante, se separó de ella y retrocedió.

–Charlotte, no puedo hacer esto.

Su rechazo fue para Charlotte como un trago de ácido.

–Claro que no –dijo ella, y cerró los ojos para recibir un nuevo beso de él.

–Es una estupidez –dijo Gabe, besándola en el cuello–, porque sé que somos solo amigos, y... –volvió a besarla– ...los dos sabemos que esto no conduce a ninguna parte, ¿no?

–Claro –dijo ella, devolviéndole el beso–. Lo que tú digas.

–Si lo intentamos los dos, estoy seguro de que olvidaremos todo esto –dijo y la besó de nuevo, larga y dulcemente.

–Claro –respondió ella cuando pudo, sin saber muy bien por qué le daba la razón.

Luego, Gabe se separó de ella, dirigiéndose al otro extremo de la sala.

–Muy bien, de acuerdo. Yo puedo controlar la situación –dijo tomando aire. Luego cerró los ojos y al cabo de unos segundos dijo–: Vete de mi lado, Charlotte. Sé que entre tú y Jack hay algo y sé que no he debido dejar que esto llegase tan lejos, pero no he podido evitarlo. Te lo juro si me das unos días... una semana, me olvidaré de todo lo que ha pasado. ¿De acuerdo?

–Gabe, ¿de qué estás hablando?

–Eres mi mejor amiga –dijo él, depositando un beso en sus labios–. Por favor, por el bien de los dos, manténte lejos de mí.

Y con estas palabras, desapareció.

Abanicándose la cara con una mano, Charlotte se apoyó en la pared. Lo que había ocurrido era... ¡increíble!

«Él te desea».

No es que no le gustase físicamente, no es que la viera solamente como una amiga. Gabe pensaba que ella no estaba interesada en él, que de él solo quería la amistad.

Pero aquella sensación, la dejó perpleja. Si ella estaba enamorada de Gabe y si también sabía que él la deseaba, solo dependía de ella averiguar si una relación entre ellos podía salir adelante. No obstante, la situación era complicada. Resultaba sencillo penar por su amor, pero ahora que podía tenerlo a su alcance, resultaba mucho más difícil saber si era lo que realmente quería. Porque no se trataba de analizar sus sentimientos, o su amistad, sino de algo más importante, era una cuestión de amor... y de dejar de lado sus miedos y decidirse a buscar lo que realmente quería.

Si recordaba bien, había en *La guía* un capítulo dedicado a la seducción. Pues bien, había llegado la hora de poner a prueba aquel libro.

Capítulo Nueve

Al cabo de unos días Gabe se dio cuenta de que su reacción en la fiesta de inauguración de la casa de Bella, había sido exagerada. Estaba sentado en su despacho y era ya de noche. Sí, al cabo de una semana de la fiesta el tiempo transcurrido le decía que, en efecto, había exagerado lo ocurrido.

–Jefe...

–Adelante.

Se trataba de Jake, su joven ayudante.

–Se trata de esto –dijo, entregándole varias hojas de papel.

Gabe frunció el ceño.

–¿Qué pasa con ello?

–Esta carta no tiene ningún sentido, jefe. Quiero decir, en el primer párrafo comienza a hablar de los riesgos de una fusión y en el segundo dice que hay que olvidarse de todas las cautelas y firmar mañana mismo. ¿Qué quiere decir exactamente?

Gabe se quedó mirando las cartas como si fueran serpientes vivas.

–¿He escrito yo eso?

–Lo más extraño es que me parece que ni siquiera tenemos intenciones de fusionarnos con esa compañía, creía que solo queríamos aumentar la cooperación –Jake se aclaró la garganta–. Suelo mandar todas sus cartas, jefe, pero esta en concreto...

–Esto... Gracias, Jake –dijo Gabe, dejando las cartas a un lado–. No sé dónde tengo la cabeza. A propósito, ¿qué hora es? –dijo, consultando el reloj con ojos cansados–. ¿Las ocho? ¿Qué haces aquí todavía?

Jake se encogió de hombros.

–Si usted trabaja, yo también.

–Te lo agradezco, pero, ¿estás loco o qué? –dijo Gabe, riendo. Sentía un dolor en la espalda, señal de que llevaba sentado demasiado tiempo–. Que tu jefe se esté convirtiendo en un adicto al trabajo no significa que tú tengas que seguir su ejemplo.

–Creía que estaba trabajando en algo importante –dijo Jake–. Lleva muchos días viniendo a las siete de la mañana y quedándose hasta las nueve.

–Pues... He pasado un trimestre muy relajado y estaba poniéndome al día, pero no creo que la situación dure mucho tiempo –dijo Gabe, mirando a su ayudante con aprecio–. Y espero que respetes tu horario laboral a no ser que quedemos en otra cosa, ¿de acuerdo?

–Muy bien, como quiera, jefe –dijo Jake, y desapareció.

Gabe suspiró, apagando su ordenador. Más le valía admitirlo. Había hecho todo lo posible por olvidar el fantasma de Charlotte. Había salido a correr por la playa, hecho pesas hasta la extenuación, leído hasta cansar la vista. Cualquiera cosa para no pensar en ella. Pero eso no le había protegido contra su subconsciente. Se dormía cada noche saboreando sus labios, se despertaba recordando el roce de sus cabellos, soñaba con la escena del sótano todas las noches... Y lo que era peor, cuando lograba vencer en su lucha por reprimir el deseo que sentía por ella, se veía abrumado por una sensación todavía más desconcertante. La echaba de menos.

Había tratado de no llamarla, pero sus dedos marcaron su número en muchas ocasiones sin él quererlo. Había faltado a la partida de póker, por no encontrársela, y sus movimientos se reducían a ir de su casa al despacho y del despacho a su casa. Sus únicas salidas se circunscribían a las carreras por la playa, y esto porque sabía que allí no la encontraría. No dejaba de pensar en ella, era cierto, y a pesar de ello, sabía que la relación entre ellos había cambiado, quizás definitivamente.

El único responsable de aquel cambio, por otro lado, era él, que había propuesto aquella estúpida y maldita apuesta. Ahora que todo había empezado a cambiar, no sabía en qué podía acabar aquello, lo único que sabía era que la echaba de menos y que no quería vivir sin ella.

Quizás si se sentaran a discutir el asunto... Quizás ella tendría la solución para que las cosas volvieran a su cauce. Porque él no sabía qué hacer. Primero había tratado de estar cerca de ella, y la situación había acabado en la escena del sótano. Luego se apartó de ella, y se daba cuenta de que aquello no podía seguir así.

Tenían que hablarlo. Era lo más maduro, lo que debían hacer, lo más razonable. Suspiró profundamente y descolgó el teléfono.

–¿Dígame?

–¿Charlotte? –dijo, aclarándose la garganta–. Soy Gabe.

Hubo una pausa al otro lado de la línea.

–Creía que ya no me hablabas –dijo ella, al cabo de unos instantes.

–No funciona, Charlotte. Necesito verte.

Otra pausa. La voz de Charlotte fue estaba vez más profunda, como si hablara con cierta dificultad.

–Vale, ¿cuándo y dónde?

Gabe consultó de nuevo su reloj.

–Sigo en la oficina, pero tengo que ir a casa a cambiarme, puedo pasarme a buscarte luego.

–Tengo una idea mejor –murmuró ella–. ¿Por qué no quedamos en tu casa? ¿Dentro de media hora?

Gabe suspiró. Media hora. Sí, le daba tiempo suficiente para recobrar los nervios.

–De acuerdo, a las ocho y media.

–Me alegro de que hayas llamado, Gabe –dijo ella, y él pudo oír el tono de satisfacción–. Te echaba de menos.

Gabe oyó cómo colgaba y volvió a colocar el teléfono en su sitio.

–Yo también te he echado de menos –dijo en voz alta. Si aquello salía bien, además, nunca más tendría que volver a echarla de menos.

Charlotte se quedó mirando el teléfono durante un minuto largo.

«Ha llegado el momento. Es ahora cuando debes decirle a Gabe lo que sientes por él».

Estaba de pie, temblando. Necesitaba un milagro.

Suspiró profundamente y se sentó a la máquina de coser. Había creado ya bastantes modelos para poner una boutique propia, se dijo, con orgullo. Sentía una gran satisfacción al haber disfrutado de algo que antes le parecía tan frívolo y que ahora encontraba desafiante y expresivo.

Recogió su última creación. Era sencilla y elegante. Se trataba de un vestido corto, de seda, azul marino, atado por delante con una cinta. Realzaba todo lo que tenía que realzar y era devastadoramente sexy. Hacía falta muchos redaños para ponérselo, pero para hacer lo que se proponía también.

Suspiró profundamente, tratando, desesperadamente de mantener la calma.

La operación seducción había comenzado. Aunque más apropiado sería llamarla misión imposible.

Gabe se había puesto una ropa cómoda y esperaba a Charlotte. No la dejaría hablar y no se acercaría a ella. Presentaría el problema como si se tratara de una reunión de negocios, y esperaría su respuesta. Pero lo fundamental era no tocarla, si lo lograba, saldría de aquella cita con vida. Aunque si ella se ponía uno de aquellos modelitos que últimamente diseñaba... Quizás pudiera ponerle encima un albornoz nada más entrar y así se ahorraría aquellas visiones deliciosas y que tanto lo torturaban.

Miró el armario, ¿y si se levantaba e iba por la toalla?

Sonó el timbre y se sobresaltó.

–Tranquilo, tranquilo, no pasa nada –se dijo, y haciendo acopio de todas sus fuerzas se dirigió a la puerta.

Charlotte llevaba el pelo recogido y el maquillaje resaltaba sus ojos, de un brillo arrebatador. Sus labios... Gabe apartó la vista de su rostro, era lo mejor. Gracias a Dios, llevaba un abrigo... sobre un vestido peligrosamente corto... apartó la vista de sus piernas.

–Entra –dijo, nerviosamente–. ¿Quieres algo?

–Hum, un vaso de agua –dijo ella. Resultaba extraño, pero también ella parecía nerviosa. Probablemente como reacción a su propio nerviosismo y quizás recordando la última vez que se habían visto.

–¿Me das tu abrigo?

Charlotte lo miró como si le hubiera dicho que tenían que matar a alguien.

–Hum, no importa. No, prefiero que no te lo quites –dijo él, balbuciendo–. Tengo que decirte unas cuantas cosas y prefiero que no me interrumpas.

Charlotte escuchó con atención, mordiéndose el labio inferior. Gabe se dijo que pequeños gestos como aquel no podían distraerlo.

–Charlotte, hemos... –comenzó, y se detuvo–. Lo que quiero decir es que... –«Venga, Gabe, decídete ya–». Nos hemos besado, Charlotte. Mucho.

Charlotte se lo quedó mirando, luego se echó a reír.

–Eso ya lo sé. Estaba allí, ¿recuerdas?

Su risa ayudó a relajar la tensión del momento.

–Parece que me olvido con quién estoy hablando. Charlotte, de verdad que tengo que hablar contigo.

–¿Qué es lo que quieres decirme exactamente?

A Gabe se le quedó en blanco la mente por un instante.

–Yo... bueno, supongo que olvidé que eras tú cuando te besaba.

Charlotte hizo una mueca.

–Eso no me ha quedado bien –dijo Gabe–. Deja que lo intente otra vez. Quiero decir, sé que eras tú, pero tiendo a olvidar lo que tú... conllevas.

–Y besarme, ¿qué conlleva?

Gabe sonrió.

–Lo que quiero decir es... desde que has cambiado de aspecto, me cuesta tratarte como a una amiga y ahí esta el problema. Tu aspecto, durante todos estos días, me ha hecho olvidar quién eres. He olvidado que eres Charlotte, pero como eres Charlotte pues... en fin, ya sabes lo que quiero decir.

–Pues no estoy segura.

¿Cuánto iba a durar aquella agonía?, se preguntó Gabe.

–Quiero decir que no debería hacerte nada parecido a lo que te he hecho. Tú eres especial, Charlotte... –explicó–. Eres especial tal como eres.

Charlotte suspiró y sin decir una palabra se levantó y se dirigió al dormitorio de Gabe.

Él parpadeó, perplejo. Todo marchaba peor de lo que esperaba.

La siguió.

–¿Estás bien?

Charlotte había tirado el abrigo en el suelo y revolvía entre los cajones de la cómoda. ¿Qué demonios llevaba puesto?, se preguntó Gabe.

Dejó de respirar.

Oh, Dios.

Llevaba un vestidito azul de seda. Era más corto por los muslos que en la entrepierna, donde ya era muy corto y estaba cerrado por delante con una cinta que pedía a gritos «desátame». Charlotte dio media vuelta y lo miró. Sus ojos eran grandes y brillaban como perlas oscuras.

–¿Tienes alguna sudadera? –preguntó.

Gabe se aclaró la garganta.

–¿El qué?

–Una sudadera –repitió ella, sonrojándose. Un sonrojo que cubría la mayor parte de su cuerpo... y bien podía decirlo él, que veía, en efecto, la mayor parte de él–. ¿No tienes una sudadera, un chándal?

A Gabe se le secó la boca. Trató de mirar a todas partes, a la vez, mientras el pulso se le aceleraba.

Charlotte volvió a rebuscar en los cajones.

–Mira, la verdad es que me siento muy estúpida al respecto. Tendría que haberlo sabido... Oh, no he sido más que una idiota. Sí, claro, yo he cambiado mucho, pero nosotros siempre hemos sido amigos. Supongo que comenzaba a creerme mi propia publicidad, la «transformación» y todas esas cosas, pero no, sigo siendo la misma de siempre. Ya se sabe, los problemas comienzan cuando empiezas a creer lo que dicen de ti...

Gabe apenas la escuchaba. Se daba cuenta de que decía algo que no la dejaba bien parada, pero no podía entender lo que decía. Una parte de él quería consolarla, pero otra parte había comenzado a cambiar.

–Solo me apetece ponerme una ropa cómoda y tumbarme a ver la televisión hasta que me olvide de todo este... ¡eh!

Gabe se había acercado a ella y la había tomado por la cadera.

Con impaciencia, le quitó la cinta del pelo, que cayó suelto a ambos lados de la cabeza y antes de que ella pudiera quejarse, la besó en la boca. Sabía a fruta tropical. Dulce, deliciosa, exótica. Y él se dio un festín.

–Lo he intentado, maldita sea –dijo él entre dientes–. Lo he intentado.

–Esta vez sí sabes quién soy –dijo Charlotte, con la respiración entrecortada.

–Eres la mujer a quien me he dicho que no podía desear, pero a la que necesito como el aire que respiro. Eres mi droga –dijo Gabe, con una mirada brillante y feroz–. Eres la mujer a la que esta noche voy a hacer perder el control, ¿satisfecha?

Charlotte comenzó a asentir.

–Bueno, todavía no –dijo–, pero creo que lo estaré.

Aquello era justo lo que necesitaba, se dijo. Devolvió el beso con una intensidad de a que no sabía que era capaz. Enredó los dedos en su pelo oscuro. Cayeron sobre la cama y se rio, disfrutando del momento.

Gabe también se rio.

–Muy bien –dijo–, creo que he esperado durante demasiado tiempo este momento como para precipitarme ahora.

–Ten cuidado –dijo ella con una mirada seductora–. No eres la única persona capaz de hacer perder el control a alguien –concluyó, besándolo en la barbilla.

Gabe enarcó las cejas con gesto divertido ante aquel desafío y le acarició el cabello y el rostro con la misma atención de un hombre ciego que quisiera aprehender cada uno de sus rasgos y retenerlos en su memoria.

–Eres deliciosa –dijo, con voz grave–. No lo dudes nunca.

Por sus ojos ella se sentía hermosa. Le temblaban las manos al desabrocharle la camisa, la emoción de ver su cuerpo descubriéndose ante ella era indescriptible, se pasó un minuto contemplando su ancho y hermoso pecho. Luego deslizó por él los dedos, moviéndose con dulzura, sintiendo cómo los músculos se tensaban bajo sus manos impacientes.

Gabe esbozó la maliciosa y seductora sonrisa que encendía en ella hogueras de pasión.

–Ahora me toca a mí –murmuró él y tiró de los extremos de la cinta que cerraba el vestido. Luego le bajó los tirantes. Este vestido me gusta mucho, creo que tienes que ponértelo más veces, sobre todo para recibirme.

–Bueno, ya sabes lo que pasa... mañana es día de colada y no tenía otra cosa que ponerme.

Gabe se rio, trazando el escote abierto del vestido con la lengua. Y tiró de él para quitárselo. Charlotte estaba asombrada. Gabe tomó sus senos en las manos, y observó los pezones erguidos antes de besarlos. Ella respiraba con dificultad, sorprendida y excitada al mismo tiempo. Se movía como una bailarina, llena de vigor y de gracia, arqueándose para recibir sus deliciosos besos.

Gabe la miró y lo que vio en sus ojos solo sirvió para que quisiera tomarla aún más despacio, para acometer con mayor precisión el plan de su exquisita y placentera tortura. Emplearía toda la noche y parte de la mañana si le hacía falta.

–Es mi turno –dijo, metiendo los dedos en la cintura de su pantalón. Gabe le dirigió una mirada sorprendida, para alguien tan tímido, tomaba la iniciativa con un ímpetu que, por su mirada, parecía triplicar el suyo. Como siguiera así, acabaría muriendo de placer. Pero qué muerte tan feliz.

Charlotte le quitó los pantalones. Llevaba calzoncillos tipo boxer y su erección era evidente.

–¿No son los calzoncillos que te compré por tu cumpleaños? –preguntó. Gabe asintió y resopló al sentir que lo tocaba–. Mmm, no tenían el mismo tacto cuando los compré.

Luego le besó en las piernas, en el estómago y en el pecho, igual que había hecho él. Cuando fue a descender hacia el vientre, Gabe le levantó la cabeza.

–Sigue así, ángel, y no voy a poder resistirlo. Y quiero que esta noche sea muy especial para ti.

–Gabe, por fin estoy contigo, así que la noche es perfecta.

Él sonrió, con la sonrisa de un hombre al que le concedieran por fin el presente que siempre había deseado. Charlotte lo besó en la boca en un beso más dulce de los que jamás había experimentado.

Mas la dulzura se convirtió en ansia y el ansia en fuego. Charlotte nunca había sentido una gran confianza en su cuerpo, era siempre la primera en meterse bajo las sábanas, pero aquella noche todo era distinto. Aquella noche se sentía igual que aquellas mujeres que solo conocía por sus lecturas: tentadoras, mujeres fatales, meretrices. Mujeres capaces de volver loco a cualquier hombre.

Gabe se agachó para besarla en el cuello y ella se quejó, echándole los brazos al cuello.

–Gabe... por favor, necesito...

–Ángel, yo también te necesito.

Se quitó los calzoncillos.

Era magnífico, su piel brillaba, era como un Donatello de bronce... excepto por su erección, que era...

Algo debía reflejarse en su mirada, porque a pesar de la pasión que ardía en su interior, Gabe sonrió.

–¿Te arrepientes, ángel?

–Nada de eso.

Gabe la besó en el cuello, acariciándole la espalda con deliciosas manos. Al sentir la presión de su sexo entre sus piernas, la recorrió una oleada de placer y buscó acomodarlo en su vientre ya húmedo.

Gabe se detuvo, con la respiración entrecortada.

–Charlotte.

Ella levantó la mirada. Los ojos de Gabe eran como anillos plateados alrededor de círculos de fuego negro y opaco.

–Será mejor que me desees como yo te deseo a ti, porque a partir de ahora no hay vuelta atrás posible.

Charlotte, sumergida en la pasión, tardó un minuto en comprender lo que Gabe le decía. Sentía un deseo más allá de todo lo razonable y lo único que podía hacer era rodearlo con sus piernas y besarlo, y besarlo, y besarlo apasionadamente.

–Gabe...

–Oh, Dios, ángel.

La penetró y los dos se mecieron al mismo ritmo, dulcemente. Charlotte se estremeció, recorrida por un escalofrío de emoción y de fuego. Arqueó las caderas para facilitarle la entrada y lo rodeó con las piernas.

Gabe se movía contra ella y ella podía sentir el

dulce sudor que se deslizaba entre sus cuerpos. La estaba llevando al límite y ya podía sentir el elusivo pulso que surgía de las profundidades de su interior. Empujó contra él y fue catapultada a las llanuras del olvido, a la culminación de los sentidos.

–¡Gabe! –gritó, aferrándose a él.

–Charlotte –murmuró él como respuesta y siguió empujando, una y otra vez, hasta derrumbarse.

Se quedó inmóvil sobre ella un buen rato, aferrados el uno al otro como si tuvieran miedo a escapar, y al cabo de unos minutos, Gabe se separó de ella y se apoyó en un codo.

–He ganado –dijo.

–¿El qué has ganado?

–Yo te he hecho perder el control antes –dijo Gabe, tumbándose de espaldas y arrastrándola a ella sobre sí–. ¿Cuál es mi premio? ¿Un millón? ¿Un viaje a las Bermudas?

Charlotte sonrió. Aún estaba sumergida en la sensación de lo que acababa de ocurrir y, sorprendentemente, cuando Gabe la acarició entre los hombros, sintió una oleada de placer. Se retorció y la expresión de sus ojos se iluminó.

–Creía que era una broma –dijo.

«Es ridículo», pensó, «acabas de hacerlo y ya tienes ganas de repetir».

Gabe respiraba agitadamente.

–¿Que sugieres?

Charlotte se inclinó sobre él y lo besó lujuriosamente.

–Que me des la revancha –dijo, al cabo de unos segundos.

–Solo si tú me la vuelves a dar a mí en caso de que pierda –dijo él, con la respiración entrecortada.

–Hecho.

Capítulo Diez

Gabe se despertó poco a poco. Sintiendo cómo entraba el sol a través de la ventana. Hacía calor y estaba cubierto de sudor, pero, por extraño que pudiera parecer, no se sentía mal. Más bien al contrario, sentía un abrumador bienestar. Se sentía feliz. ¿Cuánto tiempo hacía que no se despertaba con aquella sensación?

Rodó a un lado y se topó con un bulto en forma de mujer.

Se quedó helado.

Era su casa, su cama, su mejor amiga.

Oh, no.

Había hecho el amor con Charlotte, varias veces en realidad.

Se había prometido no tocarla y... pero aquello no era una buena noticia. Hacer el amor con su mejor amiga podía dar pie a una relación condenada al fracaso. Sabía muy bien lo que estaba en juego y a pesar de ello se había portado como la mayoría de los hombres: había antepuesto el cuerpo a la cordura.

De haber sabido que aquello iba a ocurrir, se habría encerrado en casa, desconectando el teléfono y se habría sentado en el salón con las luces apagadas para no dar señales de vida.

Cerró los ojos y lo invadieron las imágenes de la noche previa.

Saltó de la cama, y se dirigió a la ducha. El agua calmó su cuerpo, pero, por el contrario, despejó su mente.

Charlotte no era una cita de sábado por la noche,

se dijo, era, posiblemente, la mujer más importante de su vida y no podía utilizarla de aquella manera.

«Pero quizás no la estuvieras utilizando».

Ah, la voz de la conciencia, siempre tan servicial. Como siempre sus consejos de nada servían, porque él no quería una relación con cualquiera y mucho menos con la única mujer cuya amistad quería mantener por el resto de su vida. Si mantenía una relación con ella acabaría por perderla, la situación era tan simple como eso.

«Muy bien, estropéalo todo, adelante, haz lo que quieras, te dejo que tú solito lo eches todo a perder».

Ya era hora de que la conciencia lo dejase solo, se dijo. Salió de la ducha y comenzó a secarse. Se miró fugazmente en el espejo. Su mirada estaba llena de furia. Lo cierto era que estaba peor de lo que pensaba. No dejaba de discutir consigo mismo.

Se vistió y se acercó al dormitorio. Charlotte seguía durmiendo. Al verla, no vio lo que veía siempre en todas sus relaciones. Al verla supo que con ella no se vería sumergido en una escalada de reproches, de celos, de pequeños dramas. Sabía que jamás se harían daño el uno al otro.

Mientras siguieran siendo amigos.

Pero él la conocía y sabía que quería casarse, enamorarse perdidamente. Y lo merecía, pero no con él. No con él porque no quería perderla. No con él porque sabía que tarde o temprano él acabaría por darse cuenta de que había algo en ella que no podía soportar y ella acabaría por cansarse de sus juegos, de su humor y él querría entonces volver a su antigua vida, a la que ahora llevaba.

Y no quería hacerle algo así a Charlotte, al menos no intencionadamente. No quería que ella se hiciera ilusiones porque no quería decepcionarla y porque no quería perderla. Por nada del mundo quería perder a la amiga que tanto necesitaba. Y la necesitaba desesperadamente, Dios, hasta qué punto la necesitaba.

«Control de daños. Para esto antes de que sea peor».

Buscó un trozo de papel y un lápiz y apuntó:

Charlotte, nos vemos a las siete en Hennesy´s. Gabe.

Suspirando, la dejó en la mesilla y luego, porque no podía evitarlo, la besó en la frente antes de marcharse. «Después de esta noche ya no podré tocarla nunca más», se dijo. «Pero tienes que parar esto antes de sea demasiado tarde».

–¿Qué te ocurre? –le espetó Wanda nada más entrar.

Charlotte se detuvo, con una sonrisa de sorpresa.

–¿A qué te refieres?

–Estás cantando y tú nunca cantas.

Ryan se acercó.

–Y te he visto bailar en el pasillo. Sí, dinos qué es lo que pasa.

–Nada, que estoy contenta –dijo Charlotte, abrazando la carpeta de los dibujos–. ¿Está prohibido o qué?

–Estás más que contenta –dijo Wanda con cierta severidad, estudiándola como si fuera un microbio en un microscopio–. Estás resplandeciente.

Ryan escrutó su rostro, luego se detuvo, abriendo mucho los ojos.

–Oh, no.

–Oh, no, qué.

–Has ganado, ¿no? –dijo Ryan riéndose–. ¡Espera a que Gabe se entere!

Charlotte reprimió una sonrisa.

Wanda chascó los dedos.

–Eso es. Ya me parecía a mí que había reconocido esa mirada, solo que nunca la había visto en Charlotte.

–Miau –dijo Ryan, mirando a Wanda, sonriendo–. Púlete esas uñas, tigresa. Bueno, Charlotte, ¿quién es el afortunado?

–¿Cómo? Me parece que no es asunto vuestro –replicó Charlotte, dirigiéndose a la oficina. Ryan y Wanda la pisaron los talones.

–Oh, vamos, Charlotte. ¿Cómo esperas que me olvide de un cotilleo de tal calibre? ¡La pandilla tiene derecho a saberlo!

–Sí, Charlotte –insistió Wanda–. No puedes guardarte el secreto.

–¿Derecho a saberlo? La libertad de cotilleo no figura en la constitución, me parece –dijo Charlotte, tratando de mostrarse severa, aunque en realidad estaba tan contenta que poco podían afectarle los comentarios–. Mi vida sexual es cosa mía y solo otra persona conoce los detalles y eso solo porque la cosa no sería nada divertida si no los conociera –bromeó.

Ryan se deshizo en carcajadas. Wanda resopló, escandalizada.

–Al menos, podrías decirme qué tal fue –insistió Ryan.

–¿Qué tal fue? –dijo Charlotte. Por mucho que lo intentó, se le aceleró el pulso y se le iluminó la sonrisa que esbozaba desde que se levantó–. Increíble, maravilloso, estratosférico –dijo, satisfecha, y se dirigió a su puesto de trabajo.

Gabe se sentaba en una de las altas mesas redondas de Hennesy´s. Era el punto álgido de la hora más feliz del día y había muchos hombres y mujeres riendo, flirteando y haciendo cola en la barra para pedir algo de comer y un margarita. Él, por su parte, mecía su pinta de cerveza. Consultó el reloj. Charlotte llegaría en cualquier momento. El resto de los chicos de la pandilla llamaban a Hennesy´s «El bar de los corazones rotos» porque era un sitio muy elegido para las rupturas. Era el lugar perfecto para ello: público y bullicioso en él era difícil ocasionar una escena. Lo había elegido por hábito y también por cobardía. No estaba seguro de cómo se tomaría

Charlotte la noticia de que la noche anterior había sido un error en toda regla, una decisión equivocada a la que les habían abocado sus cuerpos. En realidad, ni siquiera él sabía cómo tomárselo.

Antes se pondría una pistola en la sien que hacerle daño a Charlotte, pero romper en aquel momento era el único modo de prevenir males mayores.

«Por supuesto, estás asumiendo que anoche fue tan importante para ella como para ti».

Sí, claro, por supuesto, le dijo a la voz de su conciencia, a la que ya empezaba a echar de menos.

Dio un largo trago de cerveza. Claro que había significado para ella tanto como para él. Nadie habría salido inmune de aquella noche. Bastaba con recordar la noche pasada para que se le acelerase el pulso. Había estado con más mujeres de las que podía recordar, pero ninguna de sus experiencias había sido tan intensa.

Sin embargo, ella merecía algo más que una simple experiencia. Se frotó la cara. ¿Por qué demonios se había acostado con ella? Ella era su pequeña Charlie, su mejor amiga, su colega, alguien con quien jugaba al póker o al rugby, alguien con quien podías contar para arreglar el coche. Era la amiga perfecta, no la clase de mujer de la que uno se enamora, ¿o sí?

Levantó la vista, y se le hizo un nudo en la garganta.

Estaba en la puerta, buscándolo con la mirada. Parecía recién salida de una revista, o mejor aún, de la pasarela de Milán. Llevaba un vestido negro con aquellos pequeños tirantes que a él lo volvían loco.

Llevaba zapatos de tacón alto y avanzó hacia él contoneándose, seguida de las miradas de todos los hombres del lugar.

–Hola, Charlotte –dijo, con voz grave.

–Hola –respondió ella con una voz igualmente grave, y se acercó a besarlo.

Gabe quiso aceptar el beso, pero se contuvo y le puso la mejilla.

–¿Y eso? ¿Están los chicos aquí o qué?

Gabe se limpió el rastro del pintalabios.

–No, o por lo menos yo no los he visto.

Charlotte sonrió.

–Llevo todo el día pensando en ti. A propósito, gracias por dejarme dormir esta mañana, si llegas a despertarme, no sé cómo habría aguantado todo el día trabajando.

Oír que su cobardía era interpretada como un gesto de consideración provocó en él un escalofrío de dolor.

–Charlotte, tenemos que hablar –dijo, tras un profundo suspiro.

Ella se quedó inmóvil. Gabe recordó un documental de naturaleza en el que una gacela se quedaba inmóvil al oler un león.

–¿Por? –dijo ella, bebiendo un sorbo de su cerveza.

Gabe asintió, con un profundo y doloroso suspiro.

–Sobre anoche.

Ella asintió lentamente.

–¿Qué ocurre con anoche?

–Anoche fue... increíble –no quería decirlo, pero era la verdad y ella merecía oírla.

Los ojos de Charlotte se iluminaron.

–Dime.

–Pero no creo que fuera muy buena idea –dijo él y vio que los ojos de Charlotte se dilataban. Prosiguió, como si la prisa disminuyera el efecto del golpe–. Eres mi mejor amiga, ángel. No quiero hacerte daño, pero nos conocemos hace demasiado tiempo como para mentirte ahora. Lo que tú quieres es que alguien se enamore de ti. Quieres casarte y te lo mereces. Mereces algo más que una relación pasajera conmigo.

Charlotte parpadeó. Sintió el mismo dolor que si le hubiera dado un puñetazo.

–¿Ángel? –dijo Gabe después de una larga pausa–. Vamos, háblame. Podemos hablar, ¿no?

Ella seguía mirándolo, moviendo la cabeza. Sin poder decir una palabra, comenzó a temblar y agachó la cabeza, apoyándola en los brazos.

Estaba llorando. Oh, Dios, era un canalla, un auténtico canalla. Estiró la mano y le acarició el sedoso cabello.

–Oh, Charlotte, lo siento mucho.

Ella alzó la cabeza, limpiándose las lágrimas con el dorso de la mano. Y fue entonces cuando él se quedó de piedra.

Se estaba riendo.

–Oh, Gabe, por el amor de Dios. Eres un idiota –dijo ella entre risas.

–No te entiendo.

–Pues deberías –dijo ella entre sonrisas–. Podrías ser un poco más perspicaz.

En aquel momento fue él el que sintió lo mismo que si ella le hubiera dado un puñetazo.

–¿De qué estás hablando, Charlotte?

–¿Es qué últimamente no te has fijado en mí? –dijo ella, se levantó, dio una vuelta sobre sí misma y captó la atención de todos los hombres del bar–. Por primera vez en mi vida me siento guapa, deseable. Ha sido un proceso largo, pero ahora que ha llegado a su fin, cariño, no hay manera de pararlo. Una negativa por tu parte no lo va a echar a perder.

Gabe le acarició la mejilla, sin poder evitarlo.

–Claro que no, jamás lo he pensado.

Charlotte se apartó de él.

–Lo que estoy intentando decirte es que ahora soy mayorcita, que ya no soy la pequeña Charlotte a la que tenías que proteger. Si crees que puedes mantener una relación conmigo, muy bien, pero no sigas con eso de la «protección» porque no pienso tolerarlo.

–Pero si yo no...

Gabe se interrumpió, en cierto modo sí estaba intentando protegerla. Estaba intentando protegerlos a los dos, ¿qué había de malo en ello?

–Pero estamos de acuerdo en una cosa. Me alegro de que lo hayas dicho antes de seguir adelante. Ninguno de los dos queremos hacer un drama de esto.

–Bueno, me alegro de que no te sientas herida –dijo Gabe, confuso.

–Bueno, entonces, ¿hemos terminado con este asunto? –dijo ella, y agarró el bolso–. Tengo que irme.

–¿Por qué? ¿Has quedado?

–No te ofendas, Gabe, pero aparte de ti, tengo mi propia vida, ¿sabes? Y aunque te parezca raro, te diré que al parecer sí tengo la oportunidad de casarme y tener un marido y unos hijos maravillosos. Y en cierto modo, todo es gracias a ti –dijo y se inclinó para darle un beso en la mejilla–. Ya me pagarás esos mil dólares. Bueno, adiós, ya nos veremos.

–¿Cuándo?

Ella se encogió de hombros.

–No lo sé. Mi vida social es muy errática –dijo, y dio media vuelta.

–¿Charlotte?

–¿Qué?

–Sabes que te quiero, ¿verdad?

¿Veía el dolor en su rostro o solo lo imaginaba? El rostro de Charlotte no era ya más que una máscara indescifrable.

–Claro que lo sé, Gabe. Pero no estás enamorado de mí y los dos lo sabemos. Quién sabe, quizás nos haga falta un poco de espacio. Sí, creo que será mejor que no me llames durante un tiempo.

Gabe observó cómo se alejaba, observada por la mayoría de los hombres presentes, contoneándose, probablemente sonriendo. Él, por su parte, solo podía pensar dos cosas.

Era tan hermosa que le dolía el corazón solo de verla.

Jamás volvería a verla.

Capítulo Once

–Charlotte, cariño, ¿podemos hablar un momento?

Charlotte levantó la cabeza para mirar a Dana, a la que casi no podía oír debido al estruendo que había en local al que habían ido a bailar.

–¿Pasa algo?

Dana se volvió al rincón donde estaban Bella, Brad y su marido, Stan; le dijo algo a Bella al oído, que asintió y enseguida se unió a ellas. Charlotte se estremeció cuando las dos mujeres la llevaron a la calle. La brisa nocturna era fresca, así que se arrebujó en el vestido.

–Charlotte, estamos muy preocupadas por ti –dijo Dana yendo directamente al grano, como tenía por costumbre.

–¿Preocupadas por mí? –repitió Charlotte. Por la expresión de sus rostros adivinó que aquella conversación iba a levantarle dolor de cabeza–. ¿Por qué? Estoy perfectamente.

–No, no lo estás –la contradijo Bella con dulzura.

–Os agradezco mucho que os hayáis molestado tanto para salir conmigo esta última semana, pero la verdad es que no era necesario... a decir verdad, jamás he tenido una vida social tan intensa como estas últimas semanas –dijo, jugueteando con el dobladillo del corto vestido rojo cereza que se había puesto aquella noche–. Estos últimos días me han parado hombres por la calle para pedirme mi número de teléfono: en el supermercado, en los semáforos... Ha sido una auténtica locura. Es lo más increíble que me ha pasado en la vida –y realmente lo era. En cualquier otro momento de su vida, se habría quedado asombrada al ver la atención que despertaba a su alrededor, incluso estaría un poco asustada. Sin embargo, después de lo ocurrido con Gabe, todo aquello no le importaba lo más mínimo. En realidad, muy pocas cosas la afectaban desde entonces. Como mucho, toda aquella situación la divertía un poco.

–Sí, tu vida social se ha disparado –admitió Dana–, pero no es eso lo que ha hecho que te salgan ojeras. Además, parece incluso que has perdido algo de peso.

–Puede –convino Charlotte de mala gana. No se atrevió a confesar que le costaba bastante conciliar el sueño, y que aún así solo dormía unas pocas horas cada noche–. Supongo que estoy un poco cansada con tanto trajín. Os prometo que este fin de semana me quedaré en casa tranquilita.

–Charlotte –intervino Bella con mucho tacto–, a nadie le alegra más que a nosotras que estés teniendo tanto éxito. Sobre todo, nos complace que por fin empieces a confiar en ti misma –añadió cruzándose de brazos–. Sin embargo, nos preocupa que no seas feliz. Y no lo eres, no lo niegues.

–Para empezar –replicó Charlotte secamente–, cuando no prestaba ninguna atención a mi aspecto, me dijisteis que me dejaríais en paz si conseguía ser feliz. Ahora que tengo la agenda repleta de compromisos, me decís exactamente lo mismo. ¡No resulta nada fácil complaceros, chicas!

Dana y Bella podían haber pasado por hermanas gemelas, tan idéntica era su expresión en aquellos momentos. Se la quedaron mirando, haciendo caso omiso de aquel ácido comentario, esperando que continuara hablando. Evidentemente, estaban decididas a esperar lo que hiciera falta con tal de averiguar qué le pasaba realmente.

Charlotte suspiró incómoda. Las quería mucho por la forma en que le demostraban su cariño y preocupación por ella, pero no podía confiarles lo que le angustiaba. Aquel tormento era cosa suya.

–Voy a contaros una historia –dijo por fin, con voz tranquila y firme–. Trata de una chica que no tenía mucha confianza en sí misma y que lo disimulaba portándose como un chicazo. También sale un chico amable y gentil, dotado con un gran sentido del humor: sería alguien con quien ella pudiera pasar el resto de su vida encantada –al llegar a este punto se le quebró un poco la voz, así que fijó la vista en la pared del club, evitando que su mirada se cruzara con las de Dona y Bella–. Ese hombre consigue que se dé cuenta por fin no solo de que es hermosa, sino alguien realmente especial, maravillosa de verdad. También la ayuda a despertar sentimientos y deseos que nunca hubiera imaginado que escondía en su interior. Entonces, esa mujer, que se ha enamorado por completo, decide una noche acostarse con él, suponiendo que eso iba a ser el principio de una vida llena de felicidad... sin embargo, precisamente en ese punto, el hombre decide que es mejor que sigan siendo solo amigos.

Dana ahogó una exclamación de sorpresa, mientras Bella la animó a seguir con un gesto.

–La mujer, tal como yo lo veo, tiene entonces dos opciones: puede hacer lo que ha hecho hasta entonces, es decir, ocultarse detrás de unas ropas informes y refugiarse en su trabajo para que ningún hombre sospeche siquiera cómo es en realidad. De esa forma evitaría que volvieran a hacerle daño –Charlotte dedicó una triste sonrisa a sus amigas–. Por otra parte, puede recordar algo que el hombre le ha enseñado: él consiguió demostrarle lo maravillosa que era en realidad, pero no fue él quien la hizo tan especial. Lo es por sí misma. Y si no es capaz de apreciarlo, ese es su problema, no el de la chica.

–¡Cariño! –sus dos amigas se fundieron con ella en un tierno abrazo.

–Puede que no sea feliz, es cierto –susurró Charlotte–, pero por primera vez en mi vida puedo decir con total sinceridad que estoy bien.

–¡Oh, Charlotte! ¡Estoy tan orgullosa de ti! –exclamó la impetuosa Dana–. Si hubiera estado en tu lugar, le habría destrozado el coche.

Charlotte se echó a reír.

–Te confesaré que lo he pensado.

–Ahora mismo voy a decirle a Gabe que se ha acabado esta estúpida apuesta –declaró Bella decidida–. No tienes porqué seguir sometida a semejante presión cuando es evidente, además, que tienes cosas mucho más importantes en las que pensar.

–Ni siquiera me acuerdo de la apuesta, y me parece que Gabe tampoco –Charlotte dio gracias mentalmente por conseguir que su voz sonara firme. Se le hacía difícil hasta pronunciar su nombre.

–Estoy tan furiosa que me dan ganas de gritar –dijo Dana con los ojos llameantes–. ¿Quién se cree que es ese tipo? ¡Menudo Don Perfecto! ¿Con que el soltero más deseado de América, eh? Pues si le tuviera delante, os aseguro que su próxima foto parecería sacada de un informe de la policía.

Charlotte la miró sorprendida.

–¿De qué estás hablando?

–Está enfadada con Jack, Charlotte –le explicó Bella–. Debimos estar ciegas para no darnos cuenta de lo que estaba pasando.

Dios del cielo. Sus amigas estaban a punto de cometer un terrible error.

–No me refería a Jack, chicas.

–¿No? –ahora fueron sus amigas las que la miraron atónitas–. Entonces, ¿de quién hablabas? –preguntó Dana perpleja.

–No voy a decirlo –declaró Charlotte con firmeza–. Es mi problema y seré yo la que lo solucione como mejor pueda.

Dana abrió la boca para protestar, pero Bella la detuvo con un gesto.

–Creo que nuestra niñita ha crecido por fin –murmuró con una sonrisa.

Charlotte les dio un fuerte abrazo.

–Eso, y que no quiero que le destrocéis el coche...

–¡Guauuuu! ¡Allá vamos, chicas! –exclamó Ryan pasándole una cerveza a Mike.

Su amigo echó un vistazo a la multitud que los rodeaba.

–¡Tía buena a la vista! ¡Fíjate que pedazo de mujer, Gabe!

Gabe levantó la vista y puso cara de circunstancias.

–¿Pero qué diantres le pasa a este tipo? –gruñó Mike dando un codazo a Sean, que se quedó mirando a Gabe.

–Oh, oh... me temo que nuestro amigo tiene problemas sentimentales...

Ryan observó con detenimiento el rostro de Gabe y se echó a reír con ganas.

–Estoy de acuerdo: solo una mujer puede haber sido la causante de que este pobre diablo parezca tan hecho polvo.

–Ahora que lo dices, quizá deberíamos animarlo un poco –sugirió Mike–. Lo mejor sería que se pusiera en acción cuanto antes: ahí fuera hay un montón de chicas que seguro que están deseando consolarlo.

Gabe ignoró deliberadamente estos comentarios. Estaba demasiado absorto en sus negros pensamientos.

–Toc toc, ¿hay alguien en casa? –dijo Sean dándole unos golpecitos en la cabeza–. Venga, vamos a entrarle a esa pelirroja de enfrente.

Gabe levantó la vista sin el menor interés. Una voluptuosa joven con una espléndida cabellera pelirroja se acercaba a su mesa con una incitante sonrisa bailándole en los labios. La pandilla en pleno se la quedó mirando expectante.

–Hola, chicos –los saludó, dirigiéndose claramente a Gabe–. Me llamo Melissande.

Gabe se limitó a asentir con la cabeza.

Sin dejar de sonreír, la joven se las arregló para rozarle el hombro con su pecho.

–No parece que te estés divirtiendo mucho. ¿Qué tal si nos vamos a un sitio más discreto, a ver qué se me ocurre para levantarte el ánimo? –propuso descaradamente.

–No, gracias –respondió amablemente.

–¿Estás seguro –insistió–. Te puedo asegurar que soy muy muy buena dando ánimos...

–No quiero ser grosero, pero no me interesa, ¿vale? –le dijo, y sin esperar su respuesta, volvió a concentrarse en la cerveza, como si eso fuera lo que más le importaba en el mundo.

–¿Te has vuelto loco, tío? –exclamaron sus amigos–. Esa tía estaba tremenda –lo acusaron casi, sin hacer caso de sus gestos para que le dejaran en paz.

–Creo que está así por Charlotte –declaró Ryan de repente.

Gabe levantó la cabeza como si le hubiera picado una serpiente.

–No digas sandeces.

–¡Ja! –insistió Ryan–. Lo que pasa es que te fastidia que esté teniendo tanta suerte y que esté a punto de ganarte la apuesta. Pero, yo que tú, no me preocuparía mucho: aunque es verdad que está saliendo como una posesa, no creo que consiga que alguien la pida en matrimonio en la semana que le queda.

–¿Qué quieres decir con eso de que está teniendo tanta suerte? –preguntó Gabe con torva expresión.

–Pues que la lista de sus pretendientes es tan larga como la guía de teléfonos. Además, sospecho que hay alguien que de verdad le importa. Me di cuenta hace cosa de una semana...

–¿Te refieres a nuestra Charlie? –preguntó Mike intrigado.

–Yo lo único que digo es que nuestra Charlie, como tú dices, parece mucho más feliz que el tipo que tengo enfrente –declaró Ryan pomposamente–.

Creo que deberías pasar definitivamente esa página, tío –le aconsejó–. La vi radiante, la verdad.

–¿Y te parece que sigue siendo tan... feliz? ¿Has encontrado más pistas? –preguntó Gabe sarcásticamente. ¿Acaso habría encontrado a alguien tan rápido.

Mike se volvió hacia Ryan intrigado, pero Sean no apartó la vista de Gabe que, sin embargo, estaba tan pendiente de las palabras de Ryan que no se dio cuenta.

–Ahora que lo dices, la verdad es que no –confesó su amigo al fin–. No cabe duda que se lo está currando, pero lo cierto es que sale con un tipo distinto cada noche, y que cada día queda para comer con otro.

–Entonces, quién crees que es ese tío que según tú la importa tanto. ¿Te ha comentado ella algo?

–Pues no –admitió Ryan a su pesar–, pero es obvio, ¿no? Supongo que debe ser Jack: es el único que salía con ella cuando me di cuenta del cambio.

–Sea quien sea, lo cierto es que es un tío con suerte –intervino Mike–. La verdad es que hasta a mí me han dado ganas de llamarla para...

Gabe se levantó de un salto y le agarró de la garganta.

–¡Oye, para! –no sin esfuerzo Ryan y Sean consiguieron que soltara a su presa–. ¿Se puede saber qué diablos te pasa, tío?

–No se te ocurra volver a hablar así de Charlotte –le advirtió Gabe temblando de rabia–, por lo menos no cuando yo esté presente. Y esto va por todos vosotros también. Si me entero de que vais hablando de ella por ahí, os partiré la cabeza.

–Oye, Gabe, que yo sepa, no le estaba faltando al respeto –protestó Mike–. Me parece que te estás volviendo paranoico...

–No, yo creo que no –intervino Ryan enigmáticamente.

Gabe se volvió dispuesto a enfrentarse con él también.

–¿Y a ti quién te ha dado vela en este entierro, si puede saberse? –preguntó mosqueado.

–Debería haberme dado cuenta antes: tienes todos los síntomas, estás furioso, te comportas de forma irracional, pareces deprimido –enumeró Ryan con una sonrisita–. ¿Por qué no nos has dicho antes que te habías enamorado, tío? Eso nos habría evitado muchos quebraderos de cabeza.

–No estoy enamorado –gruñó Gabe. Por lo menos podía dar gracias por eso. ¡Como si no tuviera ya suficientes problemas!–. Enamorarse es el peor error que puede cometer un hombre. Siempre acaba en desastre. No pienso caer en esa trampa –declaró airadamente antes de abandonar la mesa con precipitación, jaleado por el coro que hicieron los chicos al unísono:

–¡Yupi! ¡Está enamorado!

Jack acompañó a Charlotte hasta la puerta de su casa. Le gustó que lo hiciera, pero se sentía un poco incómoda después de lo ocurrido entre ella y Gabe. Sin embargo, Jack se había mostrado muy comprensivo, tomándose muchas molestias para mantenerla entretenida: la había llevado al cine, a cenar e incluso al zoo. Sin embargo, Charlotte detectaba cierta tensión soterrada que se intensificaba cada vez que estaban juntos.

–Buenas noches, Jack –se despidió, dándole un ligero abrazo. No habían vuelto a besarse desde aquel frustrante intento después del Baile en Blanco y Negro. Sin embargo, en aquella ocasión Jack la estrechó con fuerza entre sus brazos–. ¿Qué pasa? –preguntó ella al fin.

–Me resulta muy penoso contarte esto –declaró Jack–. ¿Te he hablado alguna vez de mi familia?

–No –respondió la joven sorprendida–. Ahora que lo dices, aunque siempre me has escuchado con paciencia, me has contado muy pocas cosas de tu familia.

–Son maravillosos, no me malinterpretes –empezó Jack, pero un velo de tristeza empañaba su mirada–. Mi padre es un importante editor, seguro que has oído hablar de él. Tanto él como mi madre son maravillosos, pero la verdad es que últimamente no hace más que presionarme. Entre sus charlas y el acoso de la prensa, me siento incapaz de dar el menor paso para comprometerme. Casi he renunciado a encontrar a alguien que me quiera por mí mismo. Estoy a punto de perder la esperanza. Es como si no pudiera estar solo y hacer sencillamente lo que me apeteciera, no sé si me entiendes...

–Perfectamente –le tranquilizó Charlotte con una sonrisa–. Dana y Bella han hecho exactamente lo mismo conmigo. Supongo que estás harto de ellos, pero como los quieres de verdad, no te atreves a mandarlos a la porra.

–Eso es exactamente lo que me pasa.

–Creo que al final he conseguido mantener a raya a esas dos celestinas, pero a veces sigo pensando que lo mejor sería cambiarme el nombre, afeitarme la cabeza y marcharme con el primer circo ambulante que pasara por la ciudad –bromeó.

Jack sonrió con tristeza.

–Ojalá fuera tan fácil como dices –murmuró–. Se me ha ocurrido una solución, pero me temo que es una locura.

–Jack, somos amigos, ¿verdad? –dijo Charlotte con sinceridad–. Puedes contármelo todo.

–Vas a pensar que estoy como una cabra, pero quisiera pedirte algo... necesito que me hagas un favor.

Parecía tan triste y desolado, que Charlotte no midió el alcance de sus palabras.

–Lo que quieras, Jack, para eso somos amigos.

–¿Te importaría casarte conmigo durante una temporada?

Capítulo Doce

–¿Dónde está Charlotte? –Mike miró a su alrededor expectante–. Creí que hoy vendría. Nunca se pierde la superfinal de la pandilla.

–Lo... lo cierto es que últimamente no nos hablamos –reconoció Gabe de mala gana, intentando superar su amargura–. Pero está muy bien, os lo aseguro, no os preocupéis.

–¿Quién está preocupado? –preguntó Mike confundido–. ¡Ah, ya lo tengo! –continuó con una sonrisa–. Has vuelto a fastidiarla, ¿verdad? Venga, escúpelo, ¿qué le has hecho esta vez?

–No he hecho nada –contestó. «Sólo la he perdido».

–Puede que sea eso precisamente lo malo –intervino Sean.

Gabe le lanzó una mirada asesina.

–Callaos de una vez y vamos a empezar el maldito partido, ¿vale?

Poco a poco los muchachos se fueron entusiasmando con el juego. Sin embargo, media hora más tarde los gritos de entusiasmo dieron paso a los aullidos de dolor.

–¡Maldita sea, Gabe! –musitó Mike frotándose las costillas–. ¡Que no estamos jugando en la liga profesional! Tómatelo con calma, ¿vale?

Sean le agarró por el cuello y le arrastró hasta el cobertizo donde guardaban las tablas de surf.

–¡Tiempo muerto! –gritó a sus compañeros. Cuando estuvieron lejos de oídos indiscretos, se enfrentó muy serio con su amigo–. ¿Me quieres contar qué te pasa, Gabe? Casi matas a Mike y, sin embargo, no has sido capaz de hacer un buen pase en todo el partido. ¿Se puede saber dónde tienes la cabeza?

Gabe se desasió bruscamente.

–¡No lo sé!

–Es por esa chica, ¿verdad? –insistió Sean sacudiéndolo–. ¿En qué lío se ha metido ahora?

–En ninguno... soy yo el que se ha metido en un gran lío... o puede que no –se contradijo Gabe exasperado–. Lo que ocurre es que me acosté con ella.

–Ya entiendo –se limitó a decir Sean muy tranquilo.

–Te he dicho que me he acostado con ella.

–¿Y? Te alabo el gusto: Charlotte es guapísima –dijo Sean sonriendo con picardía–. Te confesaré que hasta yo he tenido algunas fantasías al respecto... Sin embargo, todos sabemos que es tu alma gemela. Es una chica estupenda, y todos nos entendemos con ella de maravilla, pero lo cierto es que siempre ha estado colada por ti, y tú por ella, aunque no lo supierais. Lo que no entiendo es dónde está el problema.

Gabe se había quedado sin saber qué decir.

–Porque supongo que le habrás dicho que la quieres, ¿no?

Gabe no dijo ni mu.

–Porque la quieres, ¿verdad? –dijo Sean muy despacio, como si estuviera hablando con un niño poco despierto–. Si me dices que no soy capaz de darte una paliza, te lo advierto: no consiento que nadie le tome el pelo a nuestra chica de ese modo, y menos un idiota como tú, incapaz de entender hasta lo que está pasando delante de sus narices.

–No sé en qué estaba pensando –estalló Gabe–. Lo único que se me ocurre es que después de hacer esa estúpida apuesta todo cambió de repente entre nosotros. Charlotte seguía siendo la misma, claro, pero con aquellas ropas y todo lo demás... pasábamos tanto tiempo juntos como antes, pero algo había cambiado. Te juro que hice todo lo posible para mantenerme en los límites de una buena amistad, pero no pude conseguirlo... sencillamente ocurrió...

–No te tortures, no tiene sentido –le cortó Sean en seco–. ¿Qué hiciste después?

–Lo detuve antes de que la cosa pasara a mayores –dijo Gabe cerrando los ojos. Los detalles de lo ocurrido aún estaban en las pesadillas que le asaltaban cada noche desde aquel nefasto día–. Pensé que si lo cortaba de raíz podría recuperar nuestra antigua amistad, pero fue demasiado tarde. Ahora no quiere verme, ni hablarme siquiera. No sé qué hacer: ha ocurrido justo lo que más temía, y no sé que voy a hacer sin ella.

–Gabe, eres como un hermano para mí, así que voy a hablarte con total sinceridad –dijo Sean colocándole una mano en el hombro y mirándolo directamente a los ojos–. Eres un memo.

–¿Cómo?

–Ya me has oído. Te has enamorado y ni siquiera eres capaz de reconocerlo.

Gabe miró las olas durante un largo instante. No quería ver a Charlotte con ningún otro hombre, no podría soportarlo. Necesitaba su calor, su sonrisa y, sobre todo, su amor.

–Tienes razón estoy enamorado de Charlotte –declaró al fin–, y haré lo que sea para demostrárselo.

–Espero que esta vez tengas más cuidado –le advirtió su amigo–. Son cosas como estas las que hacen que las mujeres piensen que somos unos bobos de remate.

Justo entonces vieron a Ryan correr como un poseso hacia ellos con un periódico en la mano.

–¡Mirad esto! –exclamó, dejándose caer en la arena. Los muchachos lo rodearon y Gabe tomó el periódico de sus manos.

–¿Qué demonios...? –Gabe se quedó mirando una foto en la que aparecían Jack y Charlotte. Las letras del titular le golpearon como una bofetada en pleno rostro: *¿Se casará la dama de rojo con Jack Landor?*

–¿A que es increíble? –dijo Ryan–. Nuestra chica favorita casándose con el soltero de oro de América.

Gabe destrozó aquel miserable tabloide haciendo caso omiso de las protestas de Ryan.

–Tienes que jugarte el todo por el todo, Gabe –le dijo Sean solemnemente–. Aún no la has perdido.

Gabe salió corriendo en busca de su coche, rezando para que Sean tuviera razón.

Charlotte estaba comiendo en la terraza de un café con Dana y Bella. No tenía muchas ganas de contarles lo que le estaba pasando, pero sabía que no le quedaba otro remedio. De hecho, empezarían a sospechar en cuanto se dieran cuenta de que había disminuido notablemente el ritmo de sus citas, y sin duda querrían saber la razón.

Justo lo que menos le apetecía a ella contarles.

–...entonces le dije que me importaba un comino la boda que estaba preparando, que me había prometido llevarme doscientas orquídeas para el banquete, y que no pensaba conformarme con menos –les estaba contando Dana, tan apasionada como de costumbre–. ¡Menuda cara! Como si yo fuera a quedar mal con mis clientes solo porque un pretencioso jeque árabe necesitaba unos míseros centros florales... –levantó la vista y le guiñó el ojo a Charlotte con toda intención–. Claro que si el que se casara fuera Jack Landor, estaría dispuesta a hacer un pequeño sacrificio...

Antes de que Charlotte pudiera reaccionar, Bella le lanzó una inquisitiva mirada.

–Hablando de ese tema, ¿no tienes algo que decirnos al respecto?

–Bueno, pues... sí –empezó a decir Charlotte. De repente, entendió todas las implicaciones de aquella pregunta–. Esperad un segundo, ¿de qué me estáis hablando?

–¡Pero, Charlotte! Si ha salido en todas las revistas del corazón –protestó Dana–. Han publicado una foto tuya con ese vestido rojo, y corre el rumor de que te vas a casar con él.

–Queríamos esperar a que fueras tú la que nos lo dijeras –dijo Bella con una radiante sonrisa–, pero como te lo pensabas tanto, no hemos podido soportar más la incertidumbre. Anda, cuéntanos qué ocurre. ¿Cómo te lo pidió?

–¿Y cuándo es la boda? –preguntó Dana–. ¡Estoy tan nerviosa! ¡Qué maravilla! Has conseguido que te lo pida en menos de un mes.

–Parad un momento –las interrumpió Charlotte–. Es verdad que Jack me lo pidió, pero tengo que explicaros un par de cosas...

–Charlotte...

La joven se puso repentinamente lívida.

–Hola, Gabe –dijo muy tensa, apretando el vaso de limonada hasta que los nudillos se le pusieron blancos.

–¡Ohhh, Gabe! ¿Te has enterado? –intervino Dana resplandeciendo de felicidad–. ¡Jack se lo ha pedido! ¡Le ha pedido que se case con él!

–Así que los periódicos decían la verdad. Pensé que lo mejor sería averiguar lo que había de cierto en esa historia –dijo Gabe muy lentamente y con voz ronca–. Siento molestarte, Charlotte, pero necesito hablar contigo ahora mismo.

Tenía una expresión tan sombría que a ella se le encogió el corazón. No se había afeitado y tenía el pelo revuelto. Si no fuera por las profundas ojeras que sombreaban su rostro, parecería el vivo retrato de Indiana Jones. Era la viva estampa de un hombre luchando con sus demonios.

–No puedes creerlo, ¿verdad?

–No quería creerlo, pero me parece que no tendré más remedio que irme haciendo a la idea –sus ojos relucían como dos puñales de plata–. Solo quería oírtelo decir.

–Pues sí, Jack me ha pedido que me case con él –dijo Charlotte con toda la calma de la que fue capaz.

–Ya.

Con un gesto deliberadamente lento, Gabe sacó la chequera de su cartera de cuero.

–Creo que me has ganado, ángel. Así que ahora mismo te firmaré un cheque.

Dana y Bella a punto estuvieron de morir de entusiasmo.

Sin embargo, a Charlotte se le rompió el corazón en mil pedazos. Sin saber muy bien cómo, se las arregló para mantener una fachada imperturbable, con la mirada fija en aquel cheque.

–Es tuyo –insistió Gabe–. Toma.

Como una marioneta, Charlotte se puso en pie y se aceró a donde él la esperaba. Vio la cifra, mil dólares, y la frase que Gabe había escrito al dorso.

–¿«Felicidades a la ganadora»? –leyó extrañada.

Gabe asintió. A la joven le dieron ganas de tirarle el dinero a la cara y marcharse, no volver a verlo nunca más en la vida. Cuando extendió la mano para asir el cheque, Gabe la agarró por la muñeca, atrayéndola junto a sí. A Charlotte le bastó una mirada a su rostro torturado para revivir el infierno que había atravesado los días que habían estado separados.

–Te apuesto doble contra sencillo –susurró Gabe– a que consigo hacerte más feliz en los próximos cincuenta años que lo que ese tipo pudiera hacerte en mil vidas que viviera. Te lo juro.

Una oleada de pura alegría le invadió hasta el último rincón de su cuerpo. Sin embargo, no sin esfuerzo consiguió desasirse de su abrazo.

–Gabe...

–Dime...

–¿Lo has dicho porque me quieres de verdad o porque te fastidia perder la apuesta? –le preguntó.

Gabe la miró sorprendido durante una fracción de segundo y acto seguido estalló en carcajadas.

–Reconozco que me lo merezco –se apartó un poco para verla mejor–. No sabía que esto es lo que se siente cuando se está enamorado. Siempre pensé que el amor era como en las películas, lleno de dramatismo y un punto de histeria. Creo que lo que me pasaba es que estaba muerto de miedo: temía perder a la mujer que me importaba más que mi propia vida. ¿Y qué es lo que hice entonces? Directamente me las arreglé para arruinar mi vida entera.

–¿Acaso no sabías que es por cosas como esas por lo que las mujeres pensamos que los hombres son idiotas de remate? –se burló Charlotte.

–¡Dios, parece que lo llevo escrito en la frente! –rió Gabe–. Incluso cuando creía que estaba enamorado –continuó más serio–, no conseguía entregarme del todo a las mujeres con las que salía de la forma en que me abría contigo –le acarició la mejilla con una dulce sonrisa–. Nadie se ajusta a mi forma de ser y de sentir como tú, Charlotte. Te quiero, estoy enamorado de ti. Por favor, di que te casarás conmigo.

–Le dije a Jack que te quería demasiado como para casarme con cualquier otro hombre. Nunca habrá ningún otro con el que acepte hacerlo –dijo Charlotte con vehemencia. Alzó la cabeza y se fundió con él en un apasionado beso, dejándose llevar por la pura felicidad de sentirse entre sus brazos, deseando que aquel momento no acabara nunca.

–Ejem... disculpad...

Gabe y Charlotte se separaron y se volvieron a mirar hacia las mesas de la terraza. Todas las mujeres presentes tenían los ojos llenos de lágrimas, y alguna lloraba sin el menor pudor. Bella estaba boquiabierta de puro asombro, mientras que Dana estaba literalmente pasmada.

–¿Alguien puede explicarme qué es lo que ha pasado? –preguntó atónita.

Gabe alzó la cabeza para mirar a Gabe y le sonrió.

–Hemos hecho otra apuesta, y esta vez los dos hemos salido ganando.